Tucholsky Wagner Zola Scott Sydow Freud Schlegel
Turgenev Wallace Fonatne

Twain Walther von der Vogelweide Fouqué Friedrich II. von Preußen
Weber Freiligrath Frey

Fechner Fichte Weiße Rose von Fallersleben Kant Ernst Richthofen Frommel
Hölderlin

Fehrs Engels Fielding Eichendorff Tacitus Dumas
Faber Flaubert Eliasberg Ebner Eschenbach

Feuerbach Maximilian I. von Habsburg Fock Eliot Zweig
Ewald Vergil

Goethe Elisabeth von Österreich London

Mendelssohn Balzac Shakespeare Dostojewski Ganghofer
Lichtenberg Rathenau Doyle Gjellerup

Trackl Stevenson Hambruch
Tolstoi Lenz

Mommsen Thoma von Arnim Hanrieder Droste-Hülshoff

Dach Verne Hägele Hauff Humboldt
Reuter

Karrillon Garschin Rousseau Hagen Hauptmann Gautier

Damaschke Defoe Hebbel Baudelaire
Descartes Hegel Kussmaul Herder

Wolfram von Eschenbach Dickens Schopenhauer Rilke George
Bronner Darwin Melville Grimm Jerome

Campe Horváth Aristoteles Bebel Proust

Bismarck Vigny Barlach Voltaire Federer Herodot
Gengenbach Heine

Storm Casanova Tersteegen Gilm Grillparzer Georgy
Chamberlain Lessing Langbein Gryphius

Brentano Lafontaine
Strachwitz Claudius Schiller Kralik Iffland Sokrates

Katharina II. von Rußland Bellamy Schilling
Gerstäcker Raabe Gibbon Tschechow

Löns Hesse Hoffmann Gogol Wilde Gleim Vulpius
Luther Heym Hofmannsthal Klee Hölty Morgenstern

Roth Heyse Klopstock Kleist Goedicke
Luxemburg Puschkin Homer Mörike

La Roche Horaz Musil
Machiavelli Kierkegaard Kraft Kraus

Navarra Aurel Musset
Lamprecht Kind Kirchhoff Hugo Moltke

Nestroy Marie de France
Laotse Ipsen Liebknecht

Nietzsche Nansen
Marx Ringelnatz

von Ossietzky Lassalle Gorki Klett Leibniz
May vom Stein Lawrence Irving

Petalozzi Platon Knigge
Sachs Pückler Michelangelo Kafka
Poe Liebermann Kock Korolenko

de Sade Praetorius Mistral Zetkin

Der Verlag tredition aus Hamburg veröffentlicht in der Reihe **TREDITION CLASSICS** Werke aus mehr als zwei Jahrtausenden. Diese waren zu einem Großteil vergriffen oder nur noch antiquarisch erhältlich.

Symbolfigur für **TREDITION CLASSICS** ist Johannes Gutenberg (1400 — 1468), der Erfinder des Buchdrucks mit Metalllettern und der Druckerpresse.

Mit der Buchreihe **TREDITION CLASSICS** verfolgt tredition das Ziel, tausende Klassiker der Weltliteratur verschiedener Sprachen wieder als gedruckte Bücher aufzulegen – und das weltweit!

Die Buchreihe dient zur Bewahrung der Literatur und Förderung der Kultur. Sie trägt so dazu bei, dass viele tausend Werke nicht in Vergessenheit geraten.

Jonathan Frock

Heinrich Zschokke

.

Impressum

Autor: Heinrich Zschokke
Umschlagkonzept: toepferschumann, Berlin

Verlag: tredition GmbH, Hamburg
ISBN: 978-3-8424-1306-1
Printed in Germany

In der Hauptstadt des Königreichs, und vielleicht im ganzen Königreiche, war geraume Zeit lang kein gepriesenerer Mann, als der auch durch einige Schriften dem Ausland schätzbar gewordene Oberkriminalrat von Schwarz. Das Glück schien sich an ihm mit Gunstbezeugungen erschöpfen zu wollen. Sohn eines armen Leinwebers, hatte er mit Hilfe einiger Stipendien, die ihm als Jüngling von trefflichen Anlagen gegeben worden waren, die hohe Schule besuchen können und die Rechtswissenschaft gelernt. Fast ohne einen Heller Geld war er in die Hauptstadt gekommen, als Sachwalter sein Brot zu verdienen; er übernahm da einen schwierigen Rechtshandel, den man schon verloren gegeben; siegte vor den Gerichtshöfen; erwarb sich Ruf, und ward binnen Jahr und Tag einer der beliebtesten und beschäftigtsten Anwälte. Durch Übung und fortgesetzten Fleiß gewann er einen seltenen Grad der Vollkommenheit seines Berufs. Überall vorgezogen, mit Belohnungen, Geschenken, Ehrenbezeugungen und Schmeicheleien überhäuft, wurde er in die Kreise der angesehensten Männer eingeführt; in den besten Häusern vertrauter Freund. Er heiratete eins der schönsten und reichsten Mädchen der Hauptstadt; ward von den Ministern angestellt; von Amt zu Amt befördert, vom König selbst geadelt; empfing dessen Orden; bald auch, wegen geleisteter Dienste, den Orden eines ausländischen Hofes, mit reichem Jahrgehalt; und verschiedene Male ging die Rede, er werde Minister werden. Kurz, es blieb nur Eine Stimme, der Oberkriminalrat von Schwarz sei der glücklichste Mann. Er hatte die glänzendsten Aussichten, großes Vermögen, bewundernswürdige Eigenschaften, die liebenswürdigste Frau, schöne Kinder; mehr noch, als dies Alles, man kam auch darin überein, daß Niemand so vielen Glückes wert sei, als er. Herr von Schwarz war, als zärtlicher Gatte und Vater, als unermüdlicher Arbeiter, als treuer Freund, als der angenehmste Gesellschafter, als der feinste und gefälligste Mann im Umgang bekannt.

Man soll sich aber nie vom Schein blenden lassen. Herr von Schwarz war in der Tat ein sehr unglücklicher Mann, und was noch mehr ist, keines Glückes würdig. Nicht seine Geschicklichkeit, nicht sein Fleiß, nicht seine Gabe, sich liebenswürdig zu machen, stand zu bezweifeln; wohl der Wert seines Herzens. Er gehörte zu den Leuten, die durchaus nichts sind, als klug und nur klug; gesetzlich gerecht im Handeln, nach Umständen sogar mehr, als nur das. Aber

Geld, Ehre und Vergnügen war eigentlich die geheime Dreieinigkeit, für die er Alles opferte. Gewissen und Religiosität zu haben, war er zu aufgeklärt; sich vertrauensvoll in Gefühlen der Freundschaft einem Herzen anzuschließen, war er zu schlauer Menschenkenner. Er traute Keinem, weil er sich kannte, und die für Schwachköpfe hielt, welche nicht handelten, wie er. Er liebte sich aus natürlichem Triebe; jeden Andern aber, der wie er gewesen wäre, würde er gefürchtet haben. Er führte in seinem Hause ein unglückliches Leben. Er war da Despot. Seiner Frau begegnete er oft verächtlich. Seine Söhne, zwei hoffnungsvolle Knaben, zitterten wie Sklaven. Doch zuweilen zeigte er sich wieder unmäßig gütig gegen sie. Um ihre Erziehung konnte er sich nicht bekümmern. Er hatte wichtigere Geschäfte. Vom Elend seines Hauswesens wußte aber kein Mensch, als wer Genosse desselben war. Und wenn durch Geschwätz des Gesindes davon ruchbar ward, glaubte Niemand daran; oder man fand es sehr verzeihlich, daß ein Mann von seinen Geschäften Launen haben könne; oder man schob alle Schuld auf die Frau. Es fehle ihr die nötige Bildung, sie war keine Haushälterin, sie war ein Gänschen, und was man sonst zu sagen beliebte. Genug, Herr von Schwarz hatte immer Recht, und Jedermann Unrecht neben ihm. Doch ward sein häusliches Trübsal von Wenigen bemerkt. Denn kam Jemand zu ihm, war im Hause Alles ein Herz und eine Seele; er der aufmerksamste, gefälligste Gatte; der gütigste Vater, und wieder gegen ihn Alles von Liebe und Traulichkeit voll. Niemand dachte daran, daß das nur eingeführter, guter Ton sei. Man mußte seine Glückseligkeit bewundern.

Unter den Hausgenossen des Herrn von Schwarz befand sich seit zwei Jahren auch ein junger Mann, Namens Jonathan Frock. Er spielte die Rolle eines Lehrers oder Erziehers bei den Kindern, war aber so gut Sklave, wie alle Übrigen im Hause des Oberkriminalrats. Herr von Schwarz besaß, möcht' ich sagen, eine eigene Gabe, Jeden auf eigentümliche Art zu quälen. Wenn er seine Frau fühlen ließ, sie verstehe nicht Frau zu sein, besitze keinen Witz und Verstand, so sagte er dagegen dem Hauslehrer, er sei ein linkischer Mensch, der nicht wisse, wie sich gebärden; von der Welt schiefe Begriffe habe; nie sein Glück machen werde; der von Erziehung der Kinder keine Ahnung habe. Genug, Herr von Schwarz nahm immer den Ton des Erziehers vom Erzieher seiner Kinder an, und kränkte den armen Frock bitterlich.

Frock aber, zu schüchtern oder zu gut, schwieg. Auch ließ er sich's gefallen, wenn ihm der Herr Oberkriminalrat wöchentlich ein paarmal wiederholte, er betrachte ihn nur als Aufseher der Kinder, nicht als ihren Lehrer und Bildner. Und wagte es Frock je einmal, den Mund zu seiner Verteidigung zu öffnen, konnte er sich darauf verlassen, daß Herr von Schwarz voll vornehmer Mitleidigkeit die Achseln zuckte, oder ihm den Rücken mit den Worten zuwandte: »An Ihnen ist Hopfen und Malz verloren.«

Bei dem Allem war doch nicht zu leugnen: seit Frock im Hause lebte, hatten sich Schwarzens Kinder, welche vorher die wildesten Buben gewesen waren, sehr gebessert. Sie hatten auch gegen die Mutter Gehorsam und Ehrfurcht gelernt, zuletzt sogar sich ihr mit Hochachtung und Liebe zugewandt, und aufgehört, wenn der Vater ihre Unarten gegen die klagende Mutter in Schutz nahm, Mißbrauch davon zu machen. Sie zeigten sich gesitteter, lernbegieriger, minder tückisch gegen Gespielen, hingen besonders mit unbeschreiblicher Zuneigung an Herrn Frock, der sie im Lesen, Schreiben, Rechnen, in der deutschen Sprache, Geschichte, Erdbeschreibung und Dingen unterrichtete, von denen Herr Schwarz wenig ahnete.

Als dieser einmal seine Söhne auf eine Reise mit sich genommen, und sie Nachts mit ihm im gleichen Zimmer des Wirtshauses schlafen mußten, sah er nicht ohne Erstaunen, daß die Kinder, nachdem sie sich entkleidet hatten, auf dem Fußboden niederknieten. – »Was spielt ihr da für Komödie?« rief er. Sie antworteten nicht, falteten die Hände, hoben die Augen gen Himmel und beteten. Erst der älteste von den Knaben, halblaut; dann schwieg er, und der Jüngste fing an. Was sie sagten, war nichts Auswendiggelerntes; denn es bezog sich auf Dinge des vergangenen Tages. In das Gebet waren Vater und Mutter, Frock und einige Spielgefährten eingeschlossen.

Herr von Schwarz verlor kein Wort darüber. Die Sache kam ihm aber doch lächerlich vor. »Ich glaube«, sagte er bei Hause nachher zu Herrn Frock, »ich glaube bei meiner Ehre, Sie sind am Ende ein Herrnhuter, und richten die Jungen zur Kopfhängerei ab. Wozu soll das Knien der Kinder Abends im Hemd? Wozu das Beten? Die Jungen verstehen noch nichts von Religion. Ich wünsche, sie würden durchaus davon nichts hören, bis sie zu reiferm Verstande kommen. Dann werden sie unbefangener und richtiger über dergleichen Dinge urteilen können. Ich halte nichts von einer gelernten Religion. Die Religion muß sich im Menschen aus seinem Innern entfalten. Was man auch Kindern von dergleichen Gegenständen sagt, sie begreifen's nicht; es wird Vorurteil, schädliche Gewöhnung an Vorstellungen, von denen nachmals bei reiferer Einsicht schweres Losreißen ist. Sind Sie denn etwa Herrnhuter?«

»Nein, das bin ich nicht!« erwiderte Frock.

»Was haben Sie denn für eine Religion? Sind Sie katholisch, oder lutherisch, oder reformiert?«

Frock ward feuerrot und schwieg mit schüchterner Verlegenheit.

»Reden Sie doch. Denn ich muß und will das wissen. Es darf mir nicht gleichgültig sein, mit welcher Art Vorurteilen meine Kinder zuerst bekannt werden. Jede Kirche hat ihre Vorurteile. Ich wollte, Sie könnten tanzen, Sie hätten mehr Anstand, mehr Äußerliches. Das würde meinen Söhnen bessern Nutzen bringen, als in diesem Alter religiöses Geschwätz. Dafür haben Kinder weder Verstand, noch Bedürfnis.«

»Erlauben Sie gütigst, Herr Oberkriminalrat«, sagte Frock, »ich halte dafür, das Bedürfnis werde von Kindern tiefer gefühlt, als Sie vielleicht glauben. Unter Allem, was ein unverdorbenes, wißbegieriges Kind zu wissen begehrt, fragt es gewiß am teilnehmendsten nach dem Überirdischen, nach dem Entstehen der Dinge, nach dem Schicksal des Geistes jenseits des Grabes, nach Gott und wo und wie er sei. Solche Fragen bezeichnen das Bedürfnis des Kindes und des in ihm wohnenden Gottesfunkens. Die erste Annäherung des kindlichen Herzens an die unsichtbare Welt gibt ihm das Bewußtsein der Menschenwürde und Kraft und Liebe zur Tugend, ohne welche der Mensch doch immer eine vielleicht liebenswürdige, aber gefährliche Bestie bleibt.«

»Ganz richtig, Herr Frock; nur daß Sie, nach Ihrer Gewohnheit, aus völlig unrichtigen Sätzen absegeln. Wer, in aller Welt, hat Ihnen denn weisgemacht, daß Kinder voller Sehnsucht nach dem Unsichtbaren und Überirdischen sind, weil sie gern um Dinge fragen, die sie nicht begreifen können? Wissen Sie denn nicht, daß Kinder am liebsten von Gespenstern, Räubern, Feen, Taschenspielerstückchen und Allem hören, was ihnen wunderbar und unerklärlich ist? Darum fragen sie wohl auch eben so gern nach Himmel und Hölle, nach Gott und Engeln. Und was Sie ihnen davon sagen, es sei wahr oder nicht, glauben sie treuherzig und um so lieber, je außerordentlicher das ist, was sie hören. Merken Sie sich das, lieber Freund, wenn Sie anders bei der in Ihnen schon zur Verknörpelung gediehenen Masse von Einbildungen sich noch eine einfache Wahrheit merken können: je unwissender ein Mensch, desto geneigter ist er zum Glauben an das Wunderbare und Überirdische!«

»Darf ich, Herr Oberkriminalrat, darüber meine Meinung äußern?«

»Wie Sie wollen, ich bin schon darauf gefaßt, etwas sehr Gescheites zu hören.«

»Ich will nicht widersprechen: je unwissender der Mensch, je geneigter ist er zum Glauben an das Wundervolle und Höhere. Woher aber dieser Hang, der ihn vom Kleinsten und Gewöhnlichen zum Höchsten leitet? Dieser Trieb liegt tief in der Menschennatur, ist unbestreitbar Wirkung und Sache seines Schöpfers. Wie jede Lichtflamme nie erdwärts, sondern immer zum Himmel lodert, von wannen doch das größte Licht strömt: so trägt jeder Geist in seinem Selbstgefühl, daß er mehr, als alles Irdische sei, zum höchsten Geist aufstrebe. Er kann in Weg und Mitteln irren; aber sein Hang zum Höchsten und Unvergänglichen ist Natur. Gewinnt er mit der Zeit mehr Bildung, so wird er künstlicher, und das Künstliche erstickt oft sein natürliches Wesen. Er sieht bei mannigfaltigern Erfahrungen, daß er vormals in Weg und Mitteln irrte, und wird mißtrauisch gegen den Geistestrieb selbst, der ihn zum Glauben an das Ewige und Höchste zog. Er hält es für weiser, sich ganz dem Irdischen anzuschließen, will sich Alles natürlich erklären und natürlich machen, das heißt, Alles in den Kreis der Gemeinheit und Vergänglichkeit einbannen; glaubt nun Alles zu verstehen und recht natürlich zu sein, indem er am wenigsten versteht, am unnatürlichsten ist, und selbst die Gesetze der Natur in seinem Innern bestreitet. Daß er aber unnatürlich sei, empfindet er, weil er in sich selber unglücklicher wird. Alle Unzufriedenheit des Menschen ist Frucht seiner Unnatürlichkeit, seines Widerspruchs mit sich selbst, weil er will, was er nicht soll. Erfahrung macht ihn endlich weiser. Und je mehr er lernt, je mehr sieht er, daß er auch den wunderbaren Bau des Grashalms nicht begreifen kann, daß auch das Sonnenstäubchen auf Gott hindeutet. Je mehr er in Erkenntnis wächst, je überzeugter wird er, daß er wenig weiß. Der Halbwisser weiß das Meiste, der Weiseste fast nichts. Dieser nähert sich, aber freilich auf anderm Wege, noch einmal der Natürlichkeit des kindlichen Gemüts; und seine Wahrnehmung von Beschränktheit des Wissens gibt ihn wieder an den Glauben des Unsichtbaren, des Ewigen zurück.«

»Guter Freund«, sagte Herr von Schwarz, »ich kenne Ihre Leier schon, und erwidere darauf nichts, als daß Sie viel Wahres und Halbwahres mit einem starken Ansatz zur Mystik, den Sie haben, toll genug durch einander mengen. Sie haben vermutlich etwas in einem Buche gelesen und nicht verstanden, und kramen das etwas verkehrt aus. Sie halten Ihre Einbildungskraft für Tiefe des Urteils, und machen damit beständig einen Mißgriff.«

»Ich bitte, Herr Oberkriminalrat, mir wenigstens zu zeigen, wo mich in dem Gesagten die Einbildungskraft täuschte, oder wo ich etwas Gelesenes falsch verstand.«

»Junger Mann, Sie sprechen vom Leben, als wenn Sie Alles, was das Leben in seinem Umfang besitzt, schon geschöpft hätten. Junger Mann, wenn Sie vom Kinde und von Unwissenheit reden, mögen Sie aus Erfahrung sprechen; aber wer von der Weisheit der Sterblichen reden will, gehört entweder selbst zu ihrem Rang, oder er hat so etwas aus Büchern genommen. Sprechen Sie nun aus Büchern; oder als Weisester aus Erfahrung vom Kreisgang des menschlichen Geistes? Doch wozu verderb' ich mit Ihnen die Zeit! Hauptsache bleibt: verschonen Sie meine Söhne mit Ihrem Krimskrams; Sie leisten mir einen Gefallen. Und dann, ich muß noch fragen: zu welcher Religion gehören Sie eigentlich?«

Frock errötete wieder und sagte nichts.

»Ich bin gewohnt, eine Antwort zu hören, wenn ich frage!« rief Herr von Schwarz mit dem ihm eigenen Gebieterton.

»Herr Oberkriminalrat«, sagte Frock endlich, »ich kann es nicht länger verschweigen. Sie verstehen, wie Keiner, die Kunst als Meister, den Menschen in sich selber zu vernichten, indem Sie ihm allen Glauben an den eigenen Wert töten. Ich würde Ihr Haus längst verlassen haben, trüge ich nicht alles Schmerzliche gern aus Liebe zu ihren Söhnen, die mir ans Herz gewachsen sind. Ich will glauben, daß ich in Ihren Augen zu wenig Verdienst habe, um etwas zu gelten; aber seien Sie so großmütig, mir mindestens mein Vertrauen auf mich selbst zu lassen.«

»Sehen Sie Frock, das sind nun wieder Ihre gewöhnlichen Sprünge. Möchte ich mich bemühen, Sie zu Verstand zu bringen, zu richtiger Ansicht der Dinge, so ist's gefehlt. Meinethalben, wenn Sie aus dem Hause gehen wollen, ich sperre Sie nicht ein. Meine Knaben sind ohnedem Ihrem Unterricht entwachsen. Die Jungen sollen Sprachen, Lateinisch, Griechisch lernen; Sie verstehen nichts davon. Ihnen gehen alle gründlichen Kenntnisse ab. Tun Sie also, was Sie wollen. Aber denken Sie an mich: wohin Sie in der Welt kommen, Sie werden allenthalben zu kurz kommen. Einbildung von sich, völlige Unbeholfenheit in den einfachsten Lebensverhältnissen wird Sie ins Elend führen. Wo haben Sie auch nur einen einzigen Menschen, der Sie auszeichnet oder schätzt? Müssen Sie nicht mitten in der Hauptstadt wie ein Einsiedler leben? – Meinethalben, tun Sie, was Sie wollen!«

Damit wandte sich Herr von Schwarz ab, und Frock ging traurig zu seinen Zöglingen.

Dergleichen Unterhaltungen waren keine Seltenheit zwischen beiden Leuten. Frock verließ das Haus darum doch nicht. Wirklich hing er mit unaussprechlicher Zärtlichkeit an den Knaben, die er erzog. Gewöhnlich schloß er sie, nach den Gesprächen mit ihrem Vater, heftiger, auch wohl mit nassen Augen an sein Herz, und sagte:»Ihr seid ja die Einzigen, die mich verstehen und wert halten. Verlier' ich euch, verlier' ich Alles.«

Frock war aber auch, hätte er das Haus verlassen, ohne alle Aussicht. Vermutlich wußte das der Kriminalrat sehr gut, so wie er auch nicht vergaß, daß Frock in dürftigen Umständen zu ihm gekommen war. Weil Schwarz eben einen Hauslehrer bei seinen Kindern, oder vielmehr einen Aufseher bei ihnen brauchen konnte, hatte er ihn fast nur um Obdach und Beköstigung aufgenommen. Über Gehalt und Lohn ward nichts bedungen. Was Schwarz gab, ward immer wie Geschenk und Gnade angesehen, und reichte kaum zu anständiger Bekleidung der Person hin. Aber gerade dies war dem Oberkriminalrat recht. Es sollte in seinem Hause Alles und Jedes in Abhängigkeit von seiner jeweiligen Laune stehen.

Jonathan Frock lebte daher sehr eingezogen und still. Gesellschaft sah er selten. Er war nirgends heiterer, offener, herzlicher, als bei seinen zwei kleinen Freunden, die er bildete; sonst zurückhaltend und schüchtern. Wenn man ihn nur ein wenig zutraulich machte, verklärte sich sein ganzes Wesen. Er ward lebhafter, offener, beredsamer; seine Augen blitzten von einem innern Feuer. Eine gewisse Gutmütigkeit nahm für ihn ein. Das Alles verschwand und erlosch aber eben so schnell, als man ihn verspüren ließ, er sei fremd und am unrechten Orte. Im Schwarzischen Hause war ihm ein verschlossenes Wesen beinahe zur andern Natur geworden. Frau von Schwarz zog ihn so wenig, als ihr Mann, hervor. Sie stand in gleichem Verhältnis stolz und abstoßend gegen ihr Hausgesinde – und dazu rechnete sie auch den Aufseher ihrer Kinder, – als ihr Mann gegen sie. Durch hohen Ton glaubte sie den Leuten diejenige Ehrfurcht wieder einzuflößen, welche ihr des Eheherrn unartiges Betragen zu rauben drohte. So blieb zwischen ihr und dem Hauslehrer eine noch größere Kluft, als zwischen ihm und dem Herrn von Schwarz.

Es war Frock übrigens ein nicht übler Mann, seinem Äußern nach; zwar nicht schön, aber wohlgewachsen. Er hatte ein offenes, angenehmes, aber blasses Gesicht, das durch ein pechschwarzes krauses Kopfhaar noch blässer ward; zarte, weiße Hände, um die ihn manches Mädchen beneiden konnte; eine weiche, seelenvolle Stimme und viel Bedeutsamkeit in seinen Gebärden, wenn er lebhafter redete. Er mochte ungefähr achtundzwanzig Jahre alt sein. Dabei war er im Äußern, so einfach er auch gekleidet sein mochte, ungemein sauber. Aus allen seinen Reden leuchtete religiöser Sinn. Doch ging er selten zur Kirche, oder nie. Oft, wenn er recht heiter zu sein schien, und sein Auge lachte, und er sich der Freude ganz hingeben zu wollen Neigung wies, konnte er plötzlich verstummen. Man sah, daß Trauriges in ihm vorging. Zu manchen Zeiten konnte er bei gleichgültigen Gesprächen in Verlegenheit geraten, und ohne Veranlassung erröten. Immer ein Beweis, daß er reizbar, oder, wofür auch die Blässe seines Gesichts sprach, von unsicherer Gesundheit war. Herr von Schwarz aber, mit seinem Kriminalrichterblick, ahnete aus dergleichen Verwandlungen etwas Böseres. Er hatte es verschiedene Male darauf angelegt, ihn auszuforschen. Doch kam er damit nicht weiter, als daß er erfuhr, Frock sei aus dem Elsaß gebürtig: von armen Eltern; eine Zeit lang unter den französischen Fahnen als gemeiner Soldat gestanden; in der Schweiz, in Italien, in Ägypten gewesen; am Schenkel durch eine Kugel verwundet, des Kriegslebens satt geworden; endlich, und vermutlich ohne Urlaub, davon gelaufen.

Weil sich Frock übrigens im Hause untadelhaft und friedlich aufführte, ließ es der Oberkriminalrat dabei bewenden. Dieser hielt ihn ohnedem für einen ganz unbedeutenden Menschen, und glaubte nichts weniger, als daß derselbe je bedeutenden Einfluß auf sein Schicksal haben würde.

Wenige Wochen nach jener Unterredung aber ereignete sich ein Vorfall, der den Bruder Wunderlich, wie Herr von Schwarz seinen Knaben-Aufseher nannte, plötzlich aus dem Hause entfernte.

Dieser unterrichtete eines Tages die Kinder in der Geschichte, und redete eben mit der ihm eigenen Wärme von der muhamedanischen Religion, von dem Vortrefflichen, was der Koran der Türken enthalte, von den Tugenden, welche bei Bekennern des Propheten von Mekka oft häufiger, als unter Christen, gefunden würden. Herr von Schwarz kam dazu, hörte dies eine Weile lächelnd, aber bitter lächelnd an, denn er war übelgestimmt. Er hatte zufällig erfahren, daß man sich am Hofe über eine von ihm eingegebene Schrift, die Reform des Justizwesens betreffend, ein wenig lustig gemacht habe. So brach er Gelegenheit vom Zaun, und ließ seinen Unmut in ärgerlichem Spott gegen den blassen, duldsamen Verkünder des arabischen Propheten aus. Dieser schwieg und stierte trübsinnig vor sich hin. Die beiden Knaben hörten nicht auf den Vater, sondern sahen traurig ihrem Lehrer nach den Augen, als wollten sie ihn trösten; und legten ihre Hände auf seine Achseln, als wollten sie sagen: Beruhige dich, wir gehören dir doch an.

Den Auftritt unterbrach das Erscheinen des Majors von Tulpen, eines verabschiedeten königlichen Offiziers, der von Zeit zu Zeit in das Haus zu kommen pflegte. Denn er war mit der Frau von Schwarz verwandt, und glaubte mit dem Oberkriminalrat guter Freund zu sein. Er hatte demselben in frühern Jahren wesentliche Dienste geleistet, als der Major noch nicht verabschiedet, und Herr von Schwarz noch ein wenig bekannter Mann war. Damals hatte Schwarz mehr denn anderthalb Jahre unentgeltlich beim Major gelebt, der ihm auch durch Empfehlungen den Weg zu seiner nochmaligen glänzenden Laufbahn öffnen half. Herr von Tulpen war ein ganz wackerer, aber etwas hastiger Mann, der viel von seinen mitgemachten Feldzügen zu erzählen wußte, auch gern erzählte, nur daß es ihm etwas an Zahlen- und Namensgedächtnis fehlte.

Diesmal brachte ihn wirklich der Abgang seines Zahlensinns zum Herrn von Schwarz.

»Ich bin in einer verdammten Verlegenheit, Herr Gevatter Oberkriminalrat!« rief er: »Sie müssen mir einen Liebesdienst tun.«

»Von Herzen gern, mein Bester!« sagte Herr von Schwarz: »Ich höre hier mit Vergnügen dem Unterricht meiner Kinder zu, und das Lob der türkischen Religion von den Lippen der Unmündigen. Wir wollen uns von den Muselmännern nicht in den Tugenden der Freundschaft, Großmut und Dankbarkeit oder Barmherzigkeit übertreffen lassen.«

»Desto besser! So treff' ich's gut!« rief Herr von Tulpen:»Denn ich muß Geld haben, und sollte ich's stehlen. Kommen Sie; nur ein paar Wörtchen im Vertrauen.«

Das Wort Geld stimmte den Herrn von Schwarz doch etwas um. Er war gar nicht gewohnt, daß ihn der Major um Gefälligkeiten bat, noch weniger um Geld. Er hoffte daher eine allfällige Bitte um Geld desto leichter beim Major zu unterdrücken, wenn er es nicht zu einer Unterredung unter vier Augen kommen ließ.

»Sprechen Sie nur ganz frei«, sagte er,»ich habe vor meinen Kindern und ihrem Lehrer nie ein Geheimnis. Nur heraus mit Ihrem Geschäft.«

»Zum Kuckuck, das ist ganz gut!« sagte der Major verlegen: »Aber ich möchte doch meine verdammte Lage nicht jedem offenbaren.«

Eben das wollte Schwarz, und darum blieb er in der Unterrichtsstube, trotz aller Bitten und Fluchen des Majors, dessen Ängstlichkeit in allen Mienen zitterte. Und was dieser ihm sagen mochte, Schwarz drehte es immer mit vieler Laune in Spaß um. Der Major lief einige Male auf und ab (Schwarz hoffte, er werde aus der Stube laufen), blieb dann stehen, schwenkte den etwas abgegriffenen Kriegerhut dreimal im Ring herum und sagte:»Sehen Sie, muß mich der Kobold reiten – mach' ich den dummen Streich – wie ich nun so bin – lasse mich von dem Kaufmann – Kaufmann Dings da – ei, Sie wissen ja, mein Nachbar ist's, der Bankerott machte und davon gegangen ist – kurz und gut, lasse mich vor Jahr und Tag von ihm breit schlagen, Bürge zu werden um tausend Gulden, ich, der ich keine tausend Gulden im Vermögen habe – soll nun zahlen – tausend Gulden zahlen – bedenken Sie, ich, der keine tausend Groschen hat...«

»Das ist allerdings schlimm!« erwiderte Herr von Schwarz ungemein ernst und höflich.«Sind Sie einziger Bürge?«

»Einziger! denken Sie, und wie in dem verdammten Wisch steht, mit gesamtem Habe und Vermögen, jetzigem und künftigem. Hab's nun wohl vor Gericht deutlich erklärt, ganz deutlich, hätte keine tausend Groschen; sagt' es auch dem Finanzrat Dings da, dem ich die tausend Gulden zahlen soll. Man zuckte die Achseln, und ich zuckte sie auch. Und so gingen wir auseinander. Nun meinte ich, es sei vor der Hand, leider zum Schaden des Finanzrats, abgetan, Sieh' da, wart' ich auf das Quartal von meiner Pension, warte drei, vier Wochen. Will nichts kommen. Kein Groschen im Hause; die letzte Kartoffel verkocht; drei Wochen keinen Bäcker bezahlt; der Fleischer schickt ein Conto. Ich muß gelebt haben. Meine beiden Mädchen haben auch Fleisch und Blut. Ich laufe in die Kriegskanzlei; denke, sie haben's vergessen. Zuckt der Kriegsrat Dings da die Achseln und sagt: Tut mir leid; Finanzrat Dings da hat auf Ihre Pension durch die Gerichte Beschlag legen und sie beziehen lassen. Das wissen Sie ja. Hol' ihn der Geier, sag' ich, ich weiß nichts davon. Laufe zum Finanzrat Dings da. Der zuckt die Achseln, und sagt: Das Gericht hat Sie für den Kaufmann Dings da, als seinen Bürgen, zum Zahlen verurteilt. Sie wissen's ja. Hol' der Geier das Gericht, ich weiß nichts davon. Wovon soll ich leben mit meinen beiden Töchtern? Komme mit dem Majorstitel und halber Hauptmannsgage kaum ohne Hungerleiderei durch. Biete aber doch dem Finanzrat Dings da vierteljährlich fünf Taler an; will so, will's Gott, ehrlich abzahlen nach und nach, wenn auch langsam. Er zuckt die Achseln. Hol' der Geier die Achselzucker. Nun komm' ich zu Ihnen.«

Der Oberkriminalrat nahm sich wohl in Acht, die Achsel zu zucken, sagte aber doch: »Allerdings, das steht schlimm. Sie haben gefehlt, daß Sie die Bürgschaft so leichtsinnig übernahmen. Hier läßt sich nichts mehr ändern, auch nicht gegen den Spruch des Gerichts rekurrieren.«

»Will auch das Gericht nicht kurieren; aber Gevatter Oberkriminalrat, kurieren Sie mich von meiner Herzensnot. Habe sonst und kenne sonst Keinen, als Sie. Darum komm' ich zu Ihnen. Schießen Sie mir die tausend Gulden vor. Wissen Sie was? Jährlich zahl' ich Ihnen fünfzig Gulden zurück. Ich will von Ihnen nichts geschenkt. In so und so viel Jahren haben Sie Alles wieder.«

»So und so viel heißt hier aber zwanzig!« sagte Herr von Schwarz, und senkte den Kopf bedächtlich vor sich auf die Seite nieder.

»Nun ja, zwanzig!«

»Gut! Aber mein Bester«, fuhr der Kriminalrat fort, und tat drei leise Schritte rückwärts,»wenn man nur immer bei Kasse wäre. Zum Beispiel, ich bin jetzt ohne Barschaft.«

»Ihnen leiht Jeder.«

»Ich habe meine Schulden. Sie wissen das nicht. Ich wäre diesmal außer Stande, Ihnen zu helfen.«

»Außer Stande?« lallte der Herr von Tulpen, und konnte lange kein Wort mehr vorbringen:»Oder sagen Sie deutsch heraus: Sie wollen nicht.«

»Am Willen, bester Major, fehlt's nicht: aber das Können!«

»So möchte ich mir noch für einen Groschen Pulver kaufen, und mir die Kugel durch den Kopf schießen. Dann müssen Sie meine kleine Leonore erhalten; Sie sind ja ihr Taufpate!«

Der Kriminalrat zuckte statt aller Antwort die Achseln. Der Major geriet in wahre Todesangst, und flehte aufs rührendste. Fest, höflich, doch herzlich, lehnte Herr von Schwarz Alles ab. Zum Glück meldete ihm ein Bedienter einen fremden Herrn an. Er verneigte sich und ging.

»Sie wollen also nicht?« schrie ihm der alte Major nach.

»Kann nicht!« sagte der Kriminalrat kalt unter der Tür, und verschwand.

Dem Major brachen die Knie. Er setzte sich oder sank vielmehr auf einen nahen Sessel; blieb lange unbeweglich, zerdrückte endlich seinen alten Hut mit Ingrimm, und rief, wie ein Verzweifelnder, das Auge gen Himmel wälzend, mit schauerlicher Stimme:»Soll ich denn mit meinen Kindern verhungern?«

Frock hätte sich mit seinen Zöglingen längst schon gern entfernt gehabt. Er war aufgestanden. Immer hatte er den Major mitleidsvoll betrachtet. Jetzt trat er schüchtern zu ihm, und sagte ehrerbietig und leise:«Warten Sie nur noch einen Augenblick!«

»Hol' euch der Geier!« fuhr ihn der Major donnernd und mit glühendem Gesichte an.

»Warten Sie doch nur einen Augenblick!« wiederholte Frock mit einer bittenden Gebärde, und ging eilig davon. Nach wenigen Minuten kam er wieder, trat auf den Zehen zum Major, und hielt ihm mit der Hand eine Schnupftabaksdose hin. Der Herr von Tulpen achtete auf ihn nicht, und saß in sich vertieft da.

»Nehmen Sie!« sagte Frock.

»Fort!« schrie der Major, und zuckte mit dem Stock in der Hand: »Bin ich Sein Narr? Ich schnupfe nicht.«

»Diese Dose ist mehr als tausend Gulden wert. Ich gebe sie Ihnen. Nehmen Sie sie nur, Herr Major.«

Der Major sah die Dose seitwärts verdrießlich an, riß aber doch die Augen auf, als er sie wunderbar strahlen sah, und die beiden neugierig hinzudrängenden Knaben einmal über das andere ihr: »Oh! Oh!« riefen. Es war eine kostbar gearbeitete goldene Dose mit Schmelzwerk, in einem Viereck von großen Diamanten leuchtend.

Herr von Tulpen sah bald die Dose, bald den Geber an. »Was soll denn das?« fragte er.

»Nehmen Sie, Herr Major. Damit können Sie Ihre Schuld bezahlen. Ich gehe mit Ihnen zum Juwelier; er soll sie schätzen. Kommen Sie.«

»Herr«, rief der Major mit sanfter Stimme, »wer sind Sie?«

»Ich heiße Jonathan Frock.«

»Jonathan Frock? – und das Ding da, glauben Sie, sei tausend Gulden wert?«

»Unter Brüdern mehr!« erwiderte Frock:«Kommen Sie.«

»Und Sie wollen meine Schuld damit tilgen?«

»Gewiß und gern.«

»Aber wer sind Sie?«

»Ich bin Jonathan Frock, Lehrer bei diesen Kindern.«

Da ward der Alte stumm. Er sah den jungen Mann lange an, bis er nichts mehr sehen konnte; das Wasser trat ihm in die Augen. Dann schlug er die Arme um den Jüngling, und sagte leise mit schmerzlich gebrochener Stimme:»Nun denn, Jonathan, so laß mich dein David sein!« – Frock beruhigte ihn, nahm ihn und führte ihn zum Juwelier. Dieser schätzte die Dose auf zwölfhundert Gulden; und da man sie ihm zum Verkauf bot, nahm er sie endlich auch um den Preis an, wiewohl er tausendmal beteuerte, sich in der Schätzung zu eigenem Nachteil übereilt zu haben.

Beide gingen zum Gläubiger des Majors. Die Schuld ward abgetan; dem Major der Vierteljahrsgehalt zurückgestellt; bei der Kriegsrechenkammer Alles berichtigt.

Unterdessen hatte der Oberkriminalrat von seinen Kindern die ganze Begebenheit erfahren. »Eine goldene Dose mit Brillanten!« rief er zehn- und zwanzigmale: »Wie kommt der Schlucker zu einer goldenen Dose?« – Die Antwort hatte er eben so schnell gefunden, als die Frage. »Gestohlen!« dachte er, ließ einen Schlosser rufen und Frocks kleinen Reisekoffer eröffnen. Er untersuchte selbst, ob noch Kostbarkeiten darin verborgen wären, und fand, außer einigen beschmutzten Schriften, einiger Wäsche und Kleidern, nichts.

Er hatte die Arbeit eben vollendet, als Frock mit gewöhnlicher bescheidener Art in die Stube trat, und sich ehrerbietig verneigte. Wie aber seine Augen auf den erbrochenen Koffer fielen, verwandelte sich plötzlich seine Miene; vom Erstaunen ging er zum Ernst, vom Ernst zum Zorn über. Er ward wieder der napoleonische Soldat, der er gewesen; packte mit gewaltiger Faust den Oberkriminalrat an der Brust, schüttelte ihn dreimal her und hin, und warf ihn dann gegen die Wand.

»Wessen haben Sie sich angemaßt? Halten Sie mich für einen Dieb?« rief Frock mit erschütternder, löwenhafter Stimme: »Wer gab Ihnen Macht und Fug, fremdes Eigentum zu durchstören und heimlich Schlösser zu brechen? Bin ich verdächtig, gibt's keine Gerichte? Kennen Sie die Gesetze?«

Der Kriminalrat fiel bei dieser äußerst unerwarteten Haupt- und Staatsaktion ein wenig aus der gewöhnlichen Fassung. Er gestand nachmals selbst, er habe hier zum ersten Mal in seinem Leben die Geistesgegenwart verloren. Zu verargen war ihm das eben nicht. Denn, ungerechnet, daß er über einer verbotenen Tat ertappt worden war, lag in Frocks Verwandlung etwas wahrhaft Erschreckliches und Unbegreifliches. Dieser sonst untertänige und schüchterne Mensch hatte den Mut, einen Oberkriminalrat zu schütteln; er, sonst wie ein Lamm, war schrecklich mit seinem Flammenblick und Ernst; seine donnernde Sprache schien ihm eben so wenig zu gehören, als die Riesenkraft des Arms.

Frock wies dem Herrn von Schwarz mit gebietendem Zeigefinger die Tür, und dieser, bleich und odemlos eine Entschuldigung stammelnd, verließ das Stübchen; hatte aber kaum mit dem Fuß das feindliche Gebiet verlassen, als er sich mit kriminalrichterlicher Majestät wieder umwandte und zurück rief:»Herr Frock, Sie verlassen auf der Stelle mein Haus!«

Ohne Zweifel war Frock gleicher Meinung; denn er hatte schon aus dem Fenster einen Kerl von der Gasse heraufgewinkt, der ihm den Koffer tragen sollte, welchen er, nach Durchmusterung der darin befindlichen Papiere, und Füllung mit einigen Kleidern und Büchern, sogleich verschloß. Er suchte seine beiden Zöglinge auf, drückte sie mit stummer Liebe weinend an seine Brust, und verließ das Schwarzische Haus auf ewig.

Sehr zeitig kam folgenden Morgens der Herr Major von Tulpen. Er fand die Frau von Schwarz allein; ihr Mann war in Geschäften ausgefahren.»Desto besser, gnädige Frau!«sagte der Major;»denn ich suche ihn auch nicht, und werd' ihn in dieser Welt schwerlich wieder suchen. Hat mich in meiner Todesangst verlassen, darum wird mich auch die Todesangst nicht wieder zu ihm treiben mögen. Aber wo ist mein Jonathan?«

»Ihr Jonathan, Herr Major? Ich kenne ihn nicht.«

»Was, meinen Jonathan nicht? – Er heißt eigentlich – nun doch – Jonathan Pfropf oder Kropf – Sie kennen ja den Dings da! Er ist ihr Hauslehrer.«

»Ach, den Frock. Er ist nicht mehr bei uns. Mein Mann jagte ihn gestern aus dem Hause.«

»Aus dem Hause? Was? Weil er großmütiger, als Ihr Mann, war? Was, aus dem Hause? – Ich bin ein armer pensionierter Kriegsknecht, habe nicht mehr als so und so viel Quartalgeld, aber den Jonathan Dings da will ich zu mir nehmen lebenslang und ihn totfüttern.«

»Nehmen Sie sich in Acht. Er ist ein schlechter Mensch. Gutes Gewissen hat er nicht, das haben wir längst bemerkt. Sie könnten sich einen schlimmen Gesellen ins Haus setzen.«

»Einen schlimmen Gesellen?« rief der Major, ward feuerrot, und seine Augen funkelten Zorn über das Wort: »Hol' euch der – nun, ich will nichts gesagt haben. Gnädige Frau, aber ich verbitte mir alle Anzüglichkeiten.«

»Sie verstehen mich wohl falsch, Herr Major, ich spreche nicht von Ihnen.«

»Aber von dem Jonathan Kropf. Sagen Sie mir kurz heraus, wo ist er?«

»Schon seit gestern fort.«

»Aber wohin?«

»Das wissen wir nicht, und kümmert uns nicht.«

»Aber mich. Adieu! – Nein, schreiben Sie mir doch seinen verteufelten Namen auf. Zopf heißt er? Schreiben Sie ihn nur auf ein Zettelchen. Ich will von Gasse zu Gasse laufen. Ich werd' ihn schon finden.«

»Falls er sich nicht aus dem Staube auf und davon gemacht hat. In der Stadt wird er schwerlich bleiben!« sagte Frau von Schwarz, und gab ihm Frock's Namen auf einem Blatt.

Lächelnd steckte Herr von Tulpen das Papier ein, sagte:»Ist Ihr Mann denn der König oder Gouverneur?« schlug bedeutsam und stark an seinen Degen, machte eine stumme Verbeugung und ging.

Er ging, wie er gesagt hatte, von Gasse zu Gasse durch die weitläufige Königsstadt; kam matt und müde heim; aß mit seinen Kindern; setzte Nachmittags die Reise fort; fragte unterwegs alle Bekannte, die ihm begegneten; lief so von einem Tag zum andern Tag; und gab endlich nach wochenlangen vergeblichen Kreuzzügen die Hoffnung auf, den teuern Helfer in der Not noch in der Stadt zu finden.

Und doch hatte sich Frock aus derselben nicht entfernt, sondern nur eine Nacht im ersten besten Wirtshause zugebracht, dann anderes Tages bei einer alten Wittfrau ein Stübchen gemietet, und durch Intelligenzblätter dem Publikum seine Dienste angeboten, daß nämlich an der Marktgasse im Hause Nr. 1771, im ersten Stock, zu jeder Stunde des Tages, wer Schriften deutsch oder lateinisch schön kopieren, oder aus dem Deutschen ins Französische und umgekehrt übersetzen, Aufsätze und Briefe aller Art verfertigen lassen wolle, schnelle, billige und verschwiegene Bedienung finden würde. Frock hatte sich also einen Erwerbszweig geschaffen, der ihn vor dem Hungertode bewahren sollte. Doch unterließ er auch nicht, fleißig in den Intelligenzblättern nachzulesen, wo man einen Hauslehrer suchte. Er war mit dem Letztern minder glücklich. Hingegen fand sich bald Kundschaft für sein Hilfs-, Schreib- und Kopier-Büreau, besonders als er diesen Titel, mit großen, doch zierlichen Buchstaben auf Polio-Royal vor dem Hause der Wittfrau ausgehängt hatte. Gelehrte brachten ihm ihre unleserlichen Manuskripte, um sie für die Druckereien abschreiben zu lassen. Dienstmägden und Handwerksburschen mußte er Briefe an hartherzige Verwandte oder treulose Geliebte machen. Andere verlangten Übersetzungen. Genug, es gab mancherlei Verdienst; und war dieser auch gering, blieb er doch zureichend, ihm die unentbehrlichsten Bedürfnisse zu befriedigen. Er gebrauchte wenig. Nach einigen Monaten mehrte sich seine Arbeit, als seine Geschicklichkeit und Billigkeit bekannter ward; besonders war sein Gedächtnis bewundernswürdig, das vorzüglich denen zu statten kam, die durch ihn Briefe schreiben ließen, und nachher meistens Datum und Inhalt vergessen hatten. Er hielt aber auch musterhafte Ordnung; denn von Allem, was er arbeitete, trug er Tag der Abfassung, Namen der Personen und wesentlichen Inhalt in ein eigens dazu bestimmtes Buch ein. Sein Geschäft, so mühsam es auch sein mochte – oft mußte er Nächte zu Hilfe nehmen – war bei dem Allem nicht ohne Unterhaltung. Er erfuhr da manches Geheimnis liebender Herzen, die Lebensangelegenheiten mancher ihm unbekannten Familie, und erweiterte damit seine Menschenkenntnis.

Er gefiel sich in dieser Unabhängigkeit. Ihm war, da er aus dem Schwarzischen Hause gegangen, als wäre er aus der algerischen Sklaverei in die selige Freiheit getreten. Bloß der Verlust seiner geliebten Zöglinge kränkte ihn lange. Doch überwand er den Schmerz, und den noch größern, daß er nun keine Seele hatte, an der er hing, und die er die seine nennen konnte. Es machte ihm eines Tages recht peinliche Empfindung, als ein ihm fremder Mensch eintrat, und eine mehrere Bogen lange politische Abhandlung auf der Stelle abgeschrieben zu haben wünschte. Er erkannte nämlich in der Schrift, die er kopierte, die Hand des Oberkriminalrats von Schwarz. Der Überbringer erklärte zugleich, er werde die Abschrift andern Tags abholen; schön solle sie nicht, sondern geschwind und flüchtig geschrieben sein. Er vollbrachte die Arbeit mit Ekel. Immer war ihm, bei jedem Blick auf die Vorschrift, als sähe er die verhaßte Gestalt seines ehemaligen Zwingherrn vor sich.

Gesellschaft besuchte er äußerst selten; teils mangelte ihm dazu Zeit, teils und mehr noch Geld. Der Gesundheit willen machte er wohl Lustgänge, frische Luft zu schöpfen. Öfter aber noch besuchte er die Nachbarschaften nah und fern bloß mit den Augen. Er hatte ein gutes Dollondsches Fernrohr, mit welchem er die Umgegenden musterte. Sein Zimmer ging hinten hinaus über eine Reihe Gärten. Im fernen Hintergrunde sah man die äußersten Gebäude einer Vorstadt, meistens armselige, kleine Häuser, die ans offene Feld stießen.

Dies unschuldige Vergnügen war dem genügsamen Einsiedler zuletzt wahres Bedürfnis. Es kann kein Astronom des Nachts mit dem Teleskop die Räume des gestirnten Himmels emsiger und genauer durchspähen, um einen den bloßen Augen unsichtbaren Kometen, oder einen neuen Planeten, oder die Gebirge der glänzenden Venus zu erforschen, als Frock alle Tage die Gegenstände seines Gesichtskreises Stück für Stück musterte. Endlich trat er mit dem Fernrohr sogar regelmäßig zu bestimmten Stunden an das Fenster, er mochte auch noch so viele und dringende Arbeiten auf seinem Tisch liegen sehen. Und kamen von seinen Kunden, er ließ sich nicht stören, sie mußten warten.

Wie man nachher erfahren hat, gab es dazu triftige Gründe. Er hatte die Entdeckung eines Sterns, und zwar einer Venus gemacht. Er beobachtete nämlich eins von den Häusern im entfernten Raum der Vorstadt. Das Haus war klein, aber artig; ihm nur von der Hinterseite sichtbar, wo im Hof ein Brunnen stand. Zu diesem Brunnen kam im Sommer gewöhnlich um sechs, im Winter um acht Uhr Morgens ein schön gewachsenes säuberliches Mädchen, und füllte einen Eimer mit Wasser, trug ihn ins Haus, und wiederholte das Geschäft einige Male. Zuweilen geschah dies auch Nachmittags ein Uhr. Die Beschäftigungen des Mädchens beim Brunnen waren sehr abwechselnd. Zum Beispiel, es wusch Kraut oder Salat, manchmal sogar Gesicht und Hals des Morgens. Und was die Jungfrau – denn dafür hielt sie der Fernseher – auch irgend verrichten mochte, Alles geschah mit einer ungekünstelten Anmut, die den Beobachter für sie eingenommen haben würde, auch wenn ihr Gesichtchen weniger schön gewesen wäre. Daß die Wasserträgerin aber schön sei, hätte sich der Astronom schwerlich ausreden lassen. Ihr dickes, goldenes Haupthaar, welches gewöhnlich unter einer feinen, schneeweißen Haube lockig hervorquoll, ihre mildroten Wangen, die schöne Zeichnung der Nase und des kleinen Mundes sprachen allerdings für seine Behauptung. Er glaubte ihr aber sogar genau in die blauen Augen sehen und durch die Augen ins heimliche Herz blicken zu können. Nun muß Jedermann gestehen, daß er darin etwas zu starkgläubisch war. Wer hätte auch je mit Hilfe eines Fernrohrs Entdeckungen in einem Mädchenherzen gemacht?

Frock aber ließ sich von seiner Meinung nicht abwendig machen. Seiner astronomischen Theorie zufolge war das Mädchen eine fleißige, häusliche Bürgerstochter, und keine gemeine Dienstmagd; sittsam, unschuldig, ernsthaft und sinnig. Nur ein einziges Mal unter zweihundert vierundsechszig sorgfältigen Beobachtungen glaubte er sie singen gehört zu haben, nämlich durch das Fernrohr. Ihre Stimme mußte wohl in der ungeheuern Entfernung verschwinden.

Anfangs hielt er sie für eine Wäscherin, denn er sah sie außer dem Wassertragen allwöchentlich mit Aufhängen und Trocknen der Wäsche im Haushofe bemüht. Zuweilen hätte er ihr gern geholfen, wenn ein Stück vom Seil fiel, das zwischen drei Bäumen ausgespannt war. Doch ließ er von seiner Hypothese ab, da er nach langen Erfahrungen eine regelmäßige Wiederkehr jedes Stückchens der schon gesehenen Wäsche bemerkte. Diese gehörte also einer und derselben Familie an. Der Zyklus, oder die periodische Wiederkunft der Schnupftücher, Hemden, Bettücher und so weiter vollendeten sich gewöhnlich in acht bis zehn Wochen. In der Familie, die zur

Wäsche gehörte, mußten zwei erwachsene Frauenzimmer, ein Kind, eine Mannsperson sein. Aus dem Rauch, der von Zeit zu Zeit aus einem Nebengebäude hervorstieg, noch mehr aus den zuweilen von einer Dachöffnung des Hauses selbst niederwehenden blauen Linnen- oder Baumwolltüchern, die da ebenfalls zum Trocknen hingen, ließ sich mutmaßen, der Vater sei ein Färber. Die Konjektur stieg zur moralischen Gewißheit, als eines Tages ein ältlicher Mann mit aufgestreiften Hemdärmeln und ganz blauen Händen neben der schönen Wasserträgerin am Brunnen stand. Sie lächelte ihn sehr vertraulich und freundlich an. Dieser Anblick, nämlich des Lächelns, nicht der blauen Hände, entzückte unsern Astronom so innig, daß er auf seinem Observatorium nicht nur freudig mitlächelte, sondern auch den ganzen Tag lächeln mußte.

Ach, wie wenig ist doch vonnöten, einen Menschen glücklich zu machen.

So verstrichen dem armen Frock Jahr und Tag. Was soll ich von seinem einfachen, arbeits- und freudenreichen Leben erzählen? Jeder Tag wiederholte die gleiche Geschichte. Er war zufrieden. Er liebte. Er hatte wieder ein Wesen in der Welt, an das er gekettet war. – Nur Eins gehörte dabei zu den unbegreiflichsten Dingen, daß er nämlich aus sonderbarem Eigensinn sich nie die Mühe gab, die Färberin einmal in der Nähe zu bewundern, oder wohl gar ihre Aufmerksamkeit auf sich zu leiten. Denn daß sie durch das Fernrohr alltäglich betrachtet und geliebt würde, konnte ihr im Traume nicht beifallen; viel weniger noch wäre sie auf den Gedanken geraten, auch ihrerseits ein Teleskop in die Hand zu nehmen, um mit bewaffneten Augen den Mann auf dem Observatorium zu suchen. – Er blieb also von ihr ungekannt. Und, es ist kein Zweifel, er wollte es so. Jonathan Frock war ein Mann von eigenen Grundsätzen. Vielleicht hatte er auch schon die Erfahrung gemacht, daß gewisse Schönheiten nur in einer gewissen Entfernung gesehen werden müssen, um liebenswürdig zu bleiben. Und manches, das, in der Ferne gesehen, wünschenswert scheint, hört auf in der Nähe unser Glück zu machen.

Selbst aber das mäßige Glück, dessen er jetzt genoß, blieb ihm nicht lange.

Eines Abends ward noch spät angepocht. Er stand auf, kleidete sich an und öffnete einer fremden, höflichen Stimme die Türe, weil sie es dringend verlangte. Es trat ein Herr im grauen Überrock herein, einen Degen an der Seite. Hinter ihm standen Soldaten im Gewehr.

»Sind Sie Herr Jonathan Frock?« war die Frage.

»Allerdings!« antwortete derselbe sehr verwundert.

»Es tut mir leid, Ihnen ankündigen zu müssen, daß Sie auf Befehl des königlichen geheimen Oberpolizeidepartements verhaftet werden, und mir, nach Ablieferung Ihrer sämtlichen Effekten, folgen müssen, wohin ich Sie führen soll.«

Frock glaubte nicht wohl gehört zu haben. Er war in seiner Einsamkeit sich keiner andern Sünde bewußt, als daß er die schöne Färberin zu leidenschaftlich mit dem Fernrohr verfolgt hatte. Inzwischen galt hier kein Säumen oder Widerstreben. Zwei handfeste Polizeitrabanten traten herein, halfen einpacken und Alles versiegeln. Frock, ohne Verlegenheit und überzeugt, es walte Irrtum über seine Person, kleidete sich anständiger, und steckte, mit Erlaubnis des Gewalthabers, seinen geringen Geldvorrat und den Dollond zu sich. Wozu eben den letztern, läßt sich schwer erraten. Vielleicht hoffte er auf einen Gefängnisturm zu geraten, weitere Aussicht zu finden und mit Hilfe des Fernrohrs sein Herzgespiel, seine Gesellschafterin mit den goldenen Locken.

Er ging in der Nacht zwischen den Begleitern zum Bestimmungsort. Es war ein weitläufiges, hohes Gebäude, mit Zwischenhöfen, Kreuz- und Quergängen. Eine dicke, schwer verriegelte Tür ward aufgetan. Man führte ihn in ein kleines Gemach, angefüllt mit einem Bett, aus einer Matratze und Decke bestehend, einem Tischchen und einem hölzernen Schemel. Man wünschte ihm angenehme Ruhe, schloß und riegelte die Tür zu, und ließ ihn im Dunkeln allein. Die Ruhe war nicht angenehm, doch blieb sie nicht aus. Er schlief gegen Morgen, nach manchen sorglichen Betrachtungen, ein, aber dann desto fester und süßer. Man weckte ihn erst spät, und brachte ihm das Frühstück, eine schmackhafte, kräftige Suppe. Er war bisher nur gewohnt, ein frugales Morgenessen von Wasser und Brot zu halten. Das neue Wohnzimmer gefiel ihm auch, wegen der großen Reinlichkeit; aber desto schlechter die Aussicht durch das vergitterte

Fenster in einen kahlen, öden, von klosterähnlichen Gebäuden umfangenen Hofraum. Weg war nun Vorstadt, Färberhaus und Wasserträgerin. Er hätte weinen mögen. Doch beruhigte ihn sein Gewissen. Er zweifelte nicht, das Mißverständnis bald zu lösen, welches ihn in diese Einsamkeit geführt haben konnte. Mittags erschien ein nahrhaftes Gericht, Brot, Fleisch, Gemüse; dazu frisches Wasser im Überfluß, den Durst zu löschen. So gut hatte er lange nicht gelebt. Und die Aussicht und die Langeweile abgerechnet, lebte er köstlicher als königlicher Gefangener, denn vormals auf seinem Büreau.

Nachmittags ward er zum Verhör geführt. Er stand vor einem schwarzbehangenen Tisch, an welchem einige gestrenge Herren der Oberpolizei saßen. Nachdem er um Herkunft, Namen, Alter, Wohnung, Gewerbe und dergleichen befragt war, legte man ihm eine kleine Druckschrift vor, und fragte ihn: ob er Verfasser derselben sei? – Er las sie. Der Inhalt schien ihm nicht unbekannt zu sein; doch konnte er sogleich und mit Zuversicht antworten: er sei der Verfasser nicht, denn in seinem Leben habe er von sich noch nichts drucken lassen. Man redete ihm ernstlich zu, der Wahrheit die Ehre zu geben. Er beharrte bei seiner Aussage.

Nun zog der Vorsteher einige beschriebene Bogen hervor, reichte sie dem Inquisiten, und fragte:»Kennen Sie diese Handschrift?« – Frock erkannte sie sogleich. Es war die seinige. Es war dieselbe Abschrift, welche er einst von einer politischen Abhandlung des Oberkriminalrats von Schwarz hatte verfertigen müssen. – Ohne sich zu bedenken, gestand er, es sei seine Handschrift; er habe den Aufsatz nicht selbst verfaßt, noch weniger ihn drucken lassen, sondern für Geld abgeschrieben, wie es sein Gewerbe mit sich gebracht habe. Auf die Frage: wer die Urschrift ihm zur Kopie gegeben? erwiderte er: ein Unbekannter, dessen Gestalt und Kleidung er wohl noch ungefähr bezeichnen könne, dessen Namen er aber nie gehört.

Die Verhörrichter schüttelten den Kopf. Frock hatte schon auf der Zunge, zu beichten, daß er die Urschrift für eine Arbeit des Herrn von Schwarz gehalten habe. Dadurch konnte er vielleicht mit einem Male aller Verantwortlichkeit entbunden werden. Auch hatte er keine Ursache, seines ehemaligen Quälers zu schonen. Aber er gedachte in diesem Augenblick der geliebten Zöglinge, die ihm noch immer teuer waren. Und er fühlte edel genug, sie nicht unglücklich machen zu wollen, indem er ihren, wahrscheinlich durch jene Abhandlung sehr fehlbaren Vater verriete. Er verstummte also, und ward in sein Gefängnis zurückgeführt.

Er ging noch einmal zum Verhör und wieder zurück. Die Polizei schien immer größern Verdacht auf ihn zu wälzen, daß er selber der Verfasser, oder doch mit demselben wohl bekannt sei. Denn unter hundert ihm vorgelegten Fragen hatte er einige vielleicht zu leichtsinnig beantwortet, und sich dadurch in Widerspruch mit sich selbst gesetzt.

Schon drei Wochen war er im Gefängnis gewesen, als abermals Wachen erschienen, nicht um ihn zum Verhör zu führen, sondern in ein anderes Gefängnis, und zwar in einen eigentlichen Kerker. Das behagte ihm da auf bloßem Stroh, bei Wasser und Brot, in ewiger Dämmerung, schlecht. Und doch schwor er in seinem Herzen, den Oberkriminalrat nicht unglücklich zu machen. Denn, dachte er, bleib' ich bei meinen Aussagen, was will man mir an? Hofft man, mich vielleicht durch Stroh und magere Kost zu einem offenen Geständnis zu zwingen? Die Herren irren. Ich halte es aus. Zuletzt müssen sie mich doch frank und frei lassen, und ich habe meinen geliebten Zöglingen Angst und bittere Tränen erspart.

Schon den andern Tag ward er aus dem Kerker wieder in ein angenehmes, heiteres, wohlgeziertes Zimmer versetzt; nur Gitterfenster, Schloß und Riegel der dicken Tür und die Schildwache davor ließen ihn bemerken, daß er noch verhaftet sei. Seine Speisen waren ausgesuchter, er empfing Wein dazu. Es stand ihm frei, sich Schreibgeräte und Bücher zur Unterhaltung kommen zu lassen. Man sagte ihm, das Alles geschehe auf Verwendung einer hohen Person, die an seinem Schicksal lebhaften Anteil nehme. Der gute Frock war mit dieser Teilnahme gar nicht unzufrieden, meinte aber doch, es geschähe ihm damit zu viel Ehre.

Wichtiger ward ihm, da er vor eine Kommission des Kriminalgerichts geführt ward, unter seinen Richtern auch den Herrn von Schwarz zu erblicken. Vermutlich glaubte dieser, nachdem er Frocks Betragen vor der Polizei erfahren, es habe derselbe seine Handschrift entweder nicht erkannt, oder vergessen. Mit schadenfrohem Blicke beobachtete Herr von Schwarz den eintretenden Inquisiten; und eben Schwarz schien durch seine Zwischenfragen Frocks Schuld anschaulicher machen zu wollen. Der Verklagte merkte mit Unwillen die Frechheit des Mannes. Lange bekämpfte er seinen Zorn. Aber endlich, da Herr von Schwarz auch ein verdächtigendes Wort von der goldenen Tabaksdose hinwarf, blieb Frock seiner selbst nicht länger Meister. »Aus Schonung gegen meine ehemaligen Zöglinge, Ihre beiden Söhne, schwieg ich bis jetzt«, sagte er zum Oberkriminalrat, »aber die Art Ihres Verfahrens zwingt mich, laut zu werden und das zu sagen, worüber bis jetzt keine bestimmte Frage an mich geschah. Es ist wahr, ich bin nicht Verfasser jener Abhandlung, die für den allerhöchsten Hof Beleidigungen enthalten, vielleicht Geheimnisse des Staats zum Nachteil desselben verraten haben mag. Es ist wahr, ich kenne auch den Verfasser nicht, noch den, welcher sie mir zur schleunigen Abschrift brachte. Aber ich kannte und kenne die Handschrift dessen, der das Original schrieb, welches mir zu kopieren gegeben ward. Es ist die Handschrift des Herrn Oberkriminalrat von Schwarz gewesen.«

Schwarz lächelte höhnisch, aber konnte doch nicht eine flüchtige Bestürzung verheimlichen. Seinen Amtsgenossen entging es nicht. Inzwischen bemerkte der Präsident dem Angeklagten, der nun die Rolle des Anklägers spielte, daß er eine Beschuldigung wage, die schwer zu beweisen sei.

»Es ist möglich«, erwiderte Frock, »daß das Original vernichtet worden ist, sobald man meine Kopie besaß. Aber daß ich die Handschrift des Herrn von Schwarz sehr gut erkannte, bezeugt das Gedächtnisbuch, welches ich über meine Geschäfte führte, und das unter meinen übrigen Papieren bei der geheimen Polizei liegt. Ich erinnere mich, daß ich zu der Tagesbemerkung, eine Abhandlung ohne Titel kopiert zu haben, am Rande die Buchstaben setzte: Handsch. v. O. K. R. v. S., das heißt, Handschrift vom Oberkriminalrat von Schwarz.«

Auf einen Wink des Präsidenten brachte der Gerichtsdiener eine Kiste herbei. Es waren Frocks Papiere. Er fand das Büchlein, suchte das Datum, fand die Stelle, welche der geheimen Polizei entgangen zu sein schien, und legte sie den Richtern vor. Es verhielt sich, wie er gesagt hatte. Frock ward darauf sogleich wieder in seinen Verhaft zurückgeführt.

Schon den folgenden Morgen ward ihm seine nahe Befreiung und zugleich die Verhaftung des Herrn von Schwarz verkündigt. Denn durch die geheime Oberpolizei war auch der Mensch, welcher die Abhandlung bei Frock zur Abschrift gebracht, nach den von ihm gegebenen Beschreibungen, in einer entlegenen Stadtgegend entdeckt und eingebracht worden. Die Aussagen dieses Menschen stimmten mit denen des schuldlosen Frock überein. Beide wurden zum Überfluß noch gegen einander gestellt, sich zu erkennen.

An demselben Tage, da dies geschah, hatte Frock noch eine andere Überraschung. Er empfing Besuch vom Major von Tulpen, den ein Unbekannter begleitete. Der alte Major war vor Freuden außer sich, ihn wieder zu sehen. Er drückte ihn mit Rührung an sein Herz.

»Hat doch alles sein Gutes!« sagte der Major: »Hätte man Sie nicht gefangen gesetzt, wir hätten Sie in Ewigkeit nicht gefunden. Aber Ihr Prozeß machte Aufsehen, und so erfuhren wir Ihren Aufenthalt.«

»Mich kennen Sie wohl nicht mehr?« fragte nun auch der Begleiter des Majors.

Frock betrachtete ihn lange, verbeugte sich dann ehrerbietig und sagte:«Ew. Durchlaucht erweisen mir unverdiente Ehre.«

»Nicht so unverdiente Ehre. Hätten Sie mich, da Sie mich beim Scharmützel in den Niederlanden gefangen nahmen, nicht so heldenmütig gegen Ihre Kameraden in Schutz genommen, ich wäre ja längst im Reich der Toten. Sie retteten mein Leben, und empfingen den Hieb da für mich von dem tollen Chasseur über die Stirn, der mich durchaus niederhauen wollte.«

»Aber wie konnte Ew. Durchlaucht meinen Namen wissen, den ich Ihnen nie gesagt?«

»Den erfuhr ich vom Major, und den Major lernte ich durch den Juwelier kennen, dem Sie die goldene Dose verkauft hatten, die ich Ihnen auf dem Schlachtfelde zur Erinnerung schenkte. Ich wollte während meines Aufenthaltes hier ganz andere Dinge beim Juwelier kaufen; das Erstaunen war nicht gering, meine Dose zu finden.

Sie haben sie zu so edelm Zweck verkauft, daß ich sie Ihnen schlechterdings zurückstellen muß, um damit Ihre Tugend zu ehren.« – Der Fürst legte die Dose auf Frocks Tisch. Dieser vernahm nun auch, daß er vom Gericht freigesprochen sei.

»Jetzt, Freund Jonathan Schopf«, rief der Major, »müssen wir uns öfter sehen. Hier auf der Karte haben Sie den Namen meiner Wohnung. Sie müssen mich besuchen, sobald Sie frei sind. Ich hielt Sie schon für mich auf ewig verloren. Hol' der Geier den Kriminalrat Dings da; der sitzt nun statt Ihrer. Das kommt ihm vom unrechten Fleck am Herzen. Er wollte dem Justizminister einen bösen Streich spielen, und schlug sich selber ins Gesicht. Geschieht ihm Recht!«

Frock war durch diesen Besuch sehr erquickt. Er gewann wieder Vertrauen zur Menschheit, und hielt die überstandenen Schrecken und Leiden der Gefangenschaft für einen nichtigen Preis, um den er die Freude dieses Tages erkauft hatte.

Schon am andern Morgen war er in aller Form, mit feierlicher Ehren- und Unschuldserklärung, seines Verhaftes entlassen. Dabei empfing er eine ihm vom Gericht zugesprochene reichliche Summe, teils als Entschädigung für das Erlittene, teils als Ersatz für das während seiner Gefangenschaft am häuslichen Erwerb Versäumte. Lange war der gute Frock nicht so reich gewesen. Denn auch die Dose des Fürsten, der selbiges Tages wieder von der Residenz abreisete, war mit Goldstücken angefüllt.

Und als Frock sein Stübchen bei der alten Witwe wieder betrat, hätte er weinen mögen vor Freuden, und Tisch und Stühle wie alte, wiedergefundene Freunde umarmen und küssen mögen. Aber den ersten Gang machte er doch mit dem Fernrohr zum Fenster hinten hinaus. Er grüßte die drei Bäume mit den Seilen, woran wieder das weiße Linnen wehte, wie Wimpel und Fahnen, ihm zu Liebe ausgehängt und ihn zu begrüßen. Aber die artige Blaufärberin mit Berenicens Lockenwuchs kam leider nicht grüßend hervor.

Ein wunderlicher Mensch war Frock bei dem Allem. Er hatte ein Herz voll Tugend, folglich aller Seligkeit der zartesten Freundschaft fähig. Und doch blieb er von den Menschen zurückgezogen, und zog ihnen Fernsichten, Waschseile, Stühle und Tische vor. Er mochte seine Gründe haben, die man schweigend ehren muß. Die Zuneigung und Dankbarkeit, welche ihm der Fürst bezeugte, hatte ihn sehr gerührt; und doch fiel ihm nicht bei, dem Fürsten um eines Strohhalms Breite näher zu treten. Der Fürst hatte ihn sogar zu sich eingeladen, ihm von einer Stelle an der Schulanstalt seines Fürstentums gesprochen: und Frock, der ohne Versorgung war, verneigte sich doch nur stumm und ablehnend dabei. Der alte Major von Tulpen hatte ihn gewiß recht herzlich um nähere Bekanntschaft und Umgang gebeten; aber wer nicht kam, war Frock. Und doch war er nichts weniger, als menschenscheu; und übergroße Geschäfte fesselten ihn auch nicht ans Zimmer; denn obwohl er sogleich sein Aushängeschild wieder an das Haus der Witwe befestigte, kam doch in den ersten Tagen seiner Befreiung Niemand, seine Schreiberdienste in Anspruch zu nehmen.

Endlich erschien eines Abends der Major selbst und sagte: »Könnte wohl bis zum jüngsten Tag warten, Jonathan Rock oder Tarrock, ehe du zu mir kämest. Drum fort, mit mir, daß du mein Haus finden lernest. Es ist heut mein so und so vielter Geburtstag. Habe den Keller voll Burgunder und Pontak und Champagner, mit dem mich der Fürst von Dings da bereichert hat, bloß für den Gang mit ihm zum Juwelier und zu dir, und für die Geschichte von der Dose, die ich oft genug schon ganz unentgeltlich erzählt habe.«

Frock widerstand nicht. Sie setzten sich in eine Lohnkutsche, weil es schon dunkel war, und fuhren ab. Der Major war ungemein aufgeweckt und gesprächig, wie immer; als sie aber beinahe an Ort und Stelle waren, hob er an zu pesten und zu fluchen.»Dummer Streich!« rief er:»Fahre vor dem Registrator Dings da vorbei, und hab' ihm doch gesagt, ich werd' ihn zum Abendessen abholen. Der ist ein kreuzbraver Mann; wirst dich freuen, Jonathan, ihn kennen zu lernen. Nun, ich setze dich bei meinem Hause ab, und fahre wieder zurück und hole ihn.«

Der Wagen mußte halten, Frock absteigen, ins Haus gehen. »Rechter Hand ins Zimmer!« rief der Major, und fuhr zurück.

Frock tappte im Dunkeln der Hausflur; fand die Tür; pochte an; ward hineingerufen, sah den gedeckten Tisch; helle Kerzen brannten – und in dem Augenblick ward es ihm fast dunkel vor den Augen. Denn die berühmte Blaufärberin stand lebendig vor ihm da mit ihrem goldenen Haarwuchs, und empfing ihn sehr gütig.

»Ich bin ohne Zweifel verirrt«, stammelte er,»denn ich wollte zu Herrn Major von Tulpen, den ich hier erwarten soll.«

»Sie sind am rechten Ort; mein Vater kann nicht mehr lange ausbleiben, wenn Sie sich ein Weilchen gedulden wollen!« sagte sie und bot einen Stuhl. Ein junges Mädchen von zehn Jahren trat vor, betrachtete einen Augenblick lang den Fremdling, und sagte zu ihm schüchtern und mit angenehmem Lächeln:»Nicht wahr, Sie sind der Herr, der für den Vater eine goldene Dose weggegeben hat?«

»Nicht weggegeben, ich habe sie wieder!« sagte Frock, der sich von der ersten Bestürzung nicht erholen konnte. Aber seine Bestürzung ward noch größer, als die Goldgelockte ihm ganz nahe trat, ihre schöne Hand sanft drückend auf seinen Arm legte und sagte: »Ach wie viel sind wir Ihnen alle schuldig! Die Dose muß Ihnen ein rechtes Heiligtum werden, da sie Ihnen nun das Denkmal von zween Menschen geworden ist, die Sie retteten.«

»Sind Sie im Gefängnis so blaß geworden?« fragte ihn die Kleine, und sah ihn mit recht mitleidigen Augen an:»Ich habe oft für Sie gebetet, und es hat gewiß geholfen.«

Frock sah wohl, er sei hier schon bekannter, als er glauben konnte; und um das Gespräch von der Dankbarkeit zu ändern, erzählte er von der Anmut seines Gefängnislebens. Das fanden die beiden Schwestern sonderbar, daß er den Verlust seiner Freiheit so ruhig ertragen, und sogar im Verhaft viel Angenehmes gefunden habe.

»Ich würde mich in einem Gefängnis gleich tot weinen«, sagte die Kleine, »wenn ich von Josephinen und dem Vater weg, da allein wohnen müßte.«

»Das glaub' ich, Fräulein«, sagte Frock: »aber wenn man um keine Josephine und keinen Vater zu weinen hat, so ist einem, mit reinem Herzen, überall wohl. Einem Menschen, der sich im Notfall genug sein kann, ist alles Äußere nur Bühnenverwandlung, und das engste Stübchen eine große Welt. Wer sich selber nicht genug ist, und Zufriedenheit von Umgebungen erwarten muß, lebt im freiesten Raum des Weltalls eingekerkert.«

»Aber doch auch so den ganzen, lieben Tag allein sein!« versetzte seufzend die Kleine.

»Wissen Sie denn, ob ich allein war? War nicht meine ganze Vergangenheit bei mir? War nicht der bei mir, der mehr ist, als aller menschliche Umgang? Wissen Sie, wer? Gott!«

Das Gespräch ward ernst, darum nicht minder anziehend. Josephine hörte, über eine Stuhllehne gebogen, schweigend zu. Ihre kleine Schwester hatte immer hundert Fragen und hundert Einwendungen.

Darüber trat der Major herein, mit ihm ein junger, bildschöner Mann, der Registrator Burkhardt. Dieser schien in der Familie schon ganz einheimisch, so vertraut tat er mit den Frauenzimmern. Frock war auf gutem Wege gewesen, bekannt zu werden; aber je unbefangener Burkhardt in diesem Kreise auftrat, je fremder fühlte sich Frock; er wußte selbst nicht, wie es zuging. Der Major stellte ihm den »kreuzbraven« Registrator vor. Das Gespräch ward allgemeiner, Frock zurückhaltender. Die Töchter des Majors entfernten sich und trugen die einfachen Gerichte zum Abendessen auf. Man setzte sich. Der Registrator kam an Josephinens Seite, Frock beiden gegenüber neben die gern plaudernde Leonore. Der Registrator hatte für seine Nachbarin unendlich viel Aufmerksamkeiten; Frock geriet bald mit Händen, bald mit Füßen in Verlegenheit, und zuweilen sogar mit den Augen. Die goldlockige Josephine war in der Tat, wie sie hinter dem Lichte der Kerze saß, und wenn sie sich zufällig mit dem edeln Gesicht aus dem Strahlenkreis vorbog, überraschend schön. Die Überraschungen waren nämlich auf Seiten Frocks; denn weder der Major noch Leonore achteten sonderlich darauf; eher vielleicht der »kreuzbrave« Registrator. Zum Glück stieß Herr von Tulpen fleißig mit den Burgundergläsern an; dann kam hintennach der brausende Champagner. Das hob unsern blassen Philosophen in diejenige harmlose Laune, welche alle Übrigen hatten. Nun wurde er sogar gesprächig und liebenswürdig. Besonders beschäftigte sich die lebhafte Plauderin Leonore voll Wohlgefallens mit ihm. Sie hörte ihm gern zu, wenn er erzählte; und da er bemerkte, daß sie im Kopfrechnen nicht zurecht kam, lehrte er sie dazu kleine Kunstgriffe. Das gab dem Kinde Anlaß, ihn ohne weitere Umstände zu bitten, ihr Lehrmeister zu werden. Sie versprach ihm, den Verlust seiner ehemaligen Zöglinge in dem Schwarzischen Hause, von denen er mit vieler Wärme geredet hatte, durch Dankbarkeit vollkommen zu ersetzen. »Denn«, sagte sie, »das waren doch nur Knaben, und die vergessen Einen den Augenblick, und sind viel zu wild und flüchtig.« Frock ließ sich zu dem Versprechen hinreißen, ihr in der Woche Mittwochs und Sonnabends ein paar Stunden zu widmen. Der Major drückte ihm väterlich dankbar die Hand. »Geschieht mir«, sagt er, »bei dem Mädchen da ein recht wichtiger Dienst. Hab's nicht, sonst hätt' ich's gern schon in die Fräuleinschule geschickt. Dem Windbeutel tut's Not, still sitzen zu lernen.«

Frock wußte nicht, welche Not er sich aufgebürdet hatte. Aber schon den folgenden Tag bereuete er es, wie nicht weniger das gegebene Versprechen, in der Tulpenschen Familie den folgenden Tag zu Mittag zu speisen. Es war eben ein Sonntag.

Er hatte, weil er spät nach Hause gekommen war, lange geschlafen. Das Läuten der Glocken, die von allen Kirchtürmen nahe und fern zum Gottesdienst riefen, weckte ihn. Er besann sich des gestrigen Tages beim Ankleiden. Sein erster Gang war natürlich zum Fernrohr und Fenster. Aber als er das Rohr zum Auge heben wollte, legte er es geschwind nieder, schloß das Fenster, sah den ganzen Morgen nicht wieder hinaus, und ging singend und pfeifend im Stübchen auf und ab. Gegen Mittag schrieb er dem Major ein Briefchen, meldete ihm, er könne heut' unmöglich kommen, ihm sei nicht ganz wohl; siegelte zu, und besann sich nun, daß er keinen Boten zum Versenden habe, und am Ende wohl den Botendienst selber verrichten müsse. Zudem war es spät und gegen alle Höflichkeit, auf sich warten zu lassen. Er zerriß den Brief und ging zum Major; aber bereute bei jedem Schritt, den er tat, die, welche er schon getan hatte.

Er ward mit eben der Güte und liebenswürdigen Unbefangenheit aufgenommen, als es den Tag vorher geschehen war; und er selbst fühlte sich bei diesen guten Menschen behaglicher, als das erste Mal. Sie zeigten sich alle, so schien es ihm, in einer feierlichen Stimmung, die kleine Leonore nicht ausgenommen. Die lieben Leute waren erst aus der Kirche gekommen, und die Andacht des Gottesdienstes hinterließ in ihren Seelen einen schönen Ernst, der ihre gewohnte Freundlichkeit milderte, ich möchte sagen, adelte.

»Sind Sie auch in der Kirche gewesen?« fragte ihn Leonore.

»Heute nicht!« antwortete Frock.

»Komm' ich Sonntags nicht zur Kirche«, fuhr Leonore fort, »so ist mir's nicht wie Sonntag, und die ganze Woche wird mir gemein und schlecht. Der Sonntag ist gewiß unter allen Tagen, wie die Sonne, welche den übrigen Tagen Licht gibt. Ich kann es wohl begreifen, wie Menschen endlich zu groben Verbrechen übergehen, wenn sie keinen Sonntag haben.«

»Glauben Sie nicht, liebe Leonore, daß es auch gute Menschen ohne Sonntag gebe?«

»O wohl mag es geben. Aber dann ist ihr Gutsein doch nur ganz gemein, und für sie selbst nicht erquickend. Sie werden gut sein aus Verstand, aber es kommt nicht aus dem Schönsten hervor.«

»Was nennen Sie denn das Schönste?«

»Ei, das Schönste ist das Schönste. Sie wissen's besser, als ich. Sagen kann ich's nicht. Es ist das Schönste, wenn ich in der Kirche höre und bete, und dann mit dem Himmel eins werde, und ich von dem, was in und außer der Kirche ist, denke: das vergeht! Und ich doch daneben weiß, das Beste bleibt in unvergänglicher Herrlichkeit, und alle meine geliebten Toten leben mit mir, und meine Mutter und mein Großvater, und viele Helden, von denen mein Vater erzählt, und Jesus Christus und viele heilige Seelen leben seliger, als ich, und leben noch mit mir, und lieben mich, wie ich sie. Das ist das Schönste. Dann höre ich das Flüstern der betenden Herzen und den heiligen Orgelklang und die Stimme des Predigers, und höre es auch nicht; und doch spricht Alles in mich hinein, und ich verstehe es, und vernehme doch nichts.«

Frock lächelte. Er hing mit seinen Blicken am Mienenspiel Leonorens, die wie aus Entzücken redete. Dann bog er sich herab über das Mädchen, welches ihn ansah, als erwarte es eine Antwort, und küßte die helle Stirn des Kindes, ohne eine Silbe zu sagen.

»Das Mädchen schwatzt wie ein Star«, rief der Major, »aber es schwatzt mir oft Sachen aus dem Herzen heraus, wie ich sie habe, und wie ich sie nun und nimmermehr auf die Zunge zu bringen wüßte.«

Nach dem Essen ward ein Spaziergang vorgeschlagen. Man ging in das sogenannte Lilienthal, ein benachbartes Wäldchen, eine Viertelstunde von den äußersten Häusern der Vorstadt. Im Innern des Wäldchens lag zwischen Wiesen und Gärten ein Gasthaus, wo sich die Bewohner der Hauptstadt zu vergnügen pflegten. Frock führte beide Schwestern am Arm. Der Major ging plaudernd nebenher. Josephine verriet in ihren Gesprächen eben so viel Geist und Gefühl, als sie schön war.

»Es ist doch ein prächtiger Tag!« rief Leonore, und hüpfte vor Freuden: »Ich bin ganz gewiß im Himmel, ich bin im Himmel! Und wären Sie in der Kirche gewesen, Herr Frock, so würden Sie nun auch im Himmel sein.«

»Aber wenn ich Ihnen sage, meine fromme Leonore, ich bin wirklich in diesem Augenblick im Himmel!«

»Nein, Sie gehen nur spazieren. Aber ich bin im Himmel. Sehen Sie, alle Blumen haben brennendere Farben und sehen still und himmlisch aus; und das Laub an den Bäumen ist durchsichtig, wie wenn es grüne Flammen wären, und der Himmel hat ein anderes Kleid und die Sonne einen andern Schein. Alles hat eigene Weise und Stellung, und Alles sagt etwas Festliches an; aber ich begreife es nur nicht ganz. Doch ich werde es gewiß einmal verstehen lernen.«

Frock war im Himmel, trotz dem, daß es Leonore wegleugnen wollte. Die ganze Welt prangte ihm am Arme Josephinens anders. Er hörte Leonoren gern plaudern, um schweigen zu können. Denn das Reden war ihm lästig, weil er von Empfindungen bedrängt wurde, die er sich nicht klar machen konnte.

In Lilienthal fanden sich Bekannte des Majors, Bekannte von Josephinen und Leonoren: man trat zusammen, man ging mit einander. Frock, als fremd, zog sich zurück. Er stellte sich Pflanzen suchend, und ging ins Gebüsch, und kam nicht wieder.

Der Major vermißte ihn nach einer Stunde zuerst. Man erwartete ihn und unterhielt sich mit Andern. Als es aber Zeit war aufzubrechen und an die Heimkehr zu denken, und Frock noch immer ausblieb, sprang Leonore fort, um im Wäldchen zu suchen. Der Major fluchte und nahm in gleicher Absicht einen andern Weg. Josephine erinnerte sich, in welcher Richtung Frock gegen die Gebüsche gegangen war, und folgte derselben. Wirklich fand sie ihn seitwärts unter einer Eiche im Grase liegend, das Gesicht in die gefalteten Hände gelegt, auf dem Erdboden. Sie glaubte, er sei entschlafen, und nannte seinen Namen leise. Er fuhr plötzlich mit verstörter, totenbleicher Miene auf; starrte sie einen Augenblick an; zwang sich zu einem höflichen Lächeln; bat um Verzeihung, die Gesellschaft verlassen zu haben, und wunderte sich, als er hörte, daß es Zeit sei, sich auf den Heimweg zu machen. Er begleitete sie, aber stumm und verlegen.

»Ihr Aussehen ist sehr übel«, sagte Josephine, »vielleicht ist Ihnen nicht wohl.«

»Mir war es nicht!« sagte er: »Aber ich fühle mich gestärkter.«

Die Andern kamen und erschraken bei Frock's Anblick. »Was hat's gegeben, Freund Jonathan?« fragte Herr von Tulpen mit weicher Stimme: »Du hast rote Augen geweint, und noch jetzt sehen sie gläsern hell aus.«

Frock lächelte, wischte sich mit flacher Hand über das Gesicht, und sagte: »Es kommen mir zuweilen Einfälle.« Niemand drang weiter in ihn.

Auch drang Niemand in ihn, wenn er in folgenden Tagen zuweilen in der Mitte des Gesprächs verstummte, oder in der allgemeinen Heiterkeit düster ward, oder bei gleichgültigen Worten errötete. Jedermann ehrte sein Geheimnis. Es dauerte lange, ehe selbst in der

Tulpenschen Familie das Gespräch darauf gebracht ward, wenn er abwesend war.

Regelmäßig kam Frock Mittwochs und Sonnabends, Leonoren zu unterrichten. Er ließ es nicht bloß beim Rechnen. Er erzählte die Hauptbegebenheiten der Weltgeschichte; er erklärte vielerlei Erscheinungen der Natur. Er sprach sehr gut, klar und bestimmt; nie aber mit höherer Wärme, als wenn er vom Sinnlichen einen Übergang zum Übersinnlichen machte und sich in religiösen Gedanken verlor. Das geschah oft. Es schien ihm Bedürfnis zu sein. Josephine richtete es immer so ein, daß ihre Arbeiten außer dem Hause vollendet waren, wenn Frock kam. Dann setzte sie sich horchend und strickend ans Fenster in ihren Winkel. Frock, welcher ihr anfangs wegen dessen, was er für ihren Vater getan, als ein achtungswürdiger Mann erschienen war, machte bald durch die Anmut seines Umgangs und die Erhabenheit seiner Gesinnungen die kleinen Widerlichkeiten vergessen, die ihr an ihm entgegen gewesen waren, z. B. das bleiche Antlitz und dazu das krause, rabenschwarze Haar. Sie empfand wirklich etwas Freundschaftliches für ihn, und herzliches Mitleiden, wenn er ohne äußern Anlaß traurig, oder ernst, oder still war.

»Er verschließt einen großen Schmerz in seiner Brust!« sagte Josephine oft zu Leonoren, die ihn gern gefragt hätte: »Sei bescheiden gegen sein Geheimnis. Im Schwarzischen Hause hielt man ihn wegen seines Betragens für einen reuigen Verbrecher, ich glaube, seine Traurigkeit hat einen hochedeln Grund.«

Herr von Tulpen und seine Töchter lebten einfach und einge-
schränkt in dem kleinen Hause der Vorstadt. Sie wohnten auch da
nur zur Miete. Josephine, von ihrer jüngern Schwester unterstützt,
besorgte die kleine Wirtschaft, und machte in der Tat aus Nichts
Etwas. Sie war des Hauses Köchin, Gärtnerin, Wäscherin, Schneide-
rin – Alles in Allem. Der Major, ihr Vater, hatte wenig Bedürfnisse;
aber mit dem Gelde wußte er doch nicht umzugehen. Daher überließ er Josephinen seine dürftige Einnahme, und damit wußte sie
Alles zu bestreiten. Sie verstand das Haushalten, als Meisterin. Es
fehlte Überfluß, aber auch Mangel. Es war im Hause nichts weniger,
als Pracht; aber es herrschte Zierlichkeit, Auswahl und Sauberkeit,
die mehr als Pracht waren. Sie kleidete sich mit ihrer Schwester
ungemein schlicht; aber sie verstand sich auf das, was ihr in Farbe,
Schnitt und Art des Gewandes und Schmucks wohlstand. Daher
hielt man wohl den Major für reicher, als er war. Josephine hatte in
der Stadt viele Bewunderer, unter dem Adel viele Anbeter. Sie war
eine frische, aufblühende Lilie, voll Hoheit und Demut, und hatte in
einem Alter von achtzehn Jahren mit den Tugenden einer jungen
Hausmutter die Feinheit einer Frau von Welt, und jene Unschuld,
die nur dem kindlichen Alter in aller Reinheit eigen ist. Daß sie früh
für das Haus sorgen lernen mußte und darin Alles leistete, hatte ihr
eine gewisse Selbständigkeit gegeben, welche sich in ihrem Wesen
nicht verleugnen ließ, und Jedem, der ihr nahe kam, unwillkürliche
Ehrfurcht einflößte. Schon einmal hatte ein junger Mann, sogar ein
Graf, aus einem der angesehensten Geschlechter des Königreichs
um ihre Hand geworben. Seitdem war der Registrator Burkhardt
Freund ihres Vaters geworden und oft in das Haus gekommen. Er
liebte Josephinen mit Leidenschaft, aber hütete sich wohl, ihr davon
eine kleine Ahnung zu erwecken. Sie behandelte ihn mit einer Unbefangenheit, die ihm sagte, daß man ihn schätze, ohne ihm den
unbedeutendsten Schritt einer weiteren Annäherung zu erlauben.

Burkhardt und Frock sahen sich in diesem Hause oft. Jener, vielleicht nicht ohne Eitelkeit, – und in der Tat war er einer der hüb-
schesten Männer – duldete seine Zusammenstellung mit dem be-
scheidenen, schüchternen Frock gern, der auch nach einem halben
Jahre und länger noch immer so zurückhaltend und fremd blieb, als
er den ersten Tag gewesen. Aber es schien gar nicht, als wenn Frock
in der Nähe des schönen Burkhardt verlöre. Josephine behandelte

ihn mit derselben Gütigkeit, wie den Andern; ja, man hätte sagen sollen, mit einer höhern Zartheit, wie Mitleiden gegen einen Leidenden einzuflößen pflegt. Auch machte Leonore ihrer Schwester einst die Bemerkung: Burkhardt ist hübsch; Frock mit seinem Mondscheingesicht gar nicht; aber sieh', Josephine, wenn Frock spricht, dann sehe ich etwas Schöneres in seinen Zügen, als Burkhardt hat. Es ist etwas Wunderliebliches in Frocks Augen, in seinem Lächeln, in seinem Ernst; ich kann's dir nicht sagen. Burkhardts Schönheit ist mir, wie prächtige Levantine, aber undurchsichtig; Frocks Wesen wie dünne Gaze, durch welche etwas Herrliches strahlt, das ich liebe und nicht enträtseln kann.

Burckhardt ward ein halbes Jahr später zum Kanzleirat ernannt mit beträchtlichem Gehalt. Die freudige Teilnahme in der Tulpenschen Familie war groß; noch größer, als er eines Tages der Familie die Botschaft brachte, es sei ihm gelungen, durch seine Empfehlungen und seinen Einfluß dem guten Frock die Mehrzahl der Stimmen und selbst den Beifall des Ministeriums für die Registratorstelle zu verschaffen. Frock konnte nun, lebenslänglich versorgt, heiterer leben. Er habe sich nur dem Minister und den übrigen Räten vorzustellen, die ihn, nach den von Burkhardt vorgelegten Beweisen für den Mann hielten, welcher, durch Kenntnis, Talent und Redlichkeit, der Stelle am würdigsten sei. Zum Glück fanden sich diesmal dazu alle andern Bewerber etwas schlechter, als schlecht. Der alte Major war von der Freude gerührt, seinen Jonathan versorgt und beamtet zu wissen. Er fiel dem Kanzleirat um den Hals und rief.»Dank Ihnen, braver Freund! Wäre ich Gouverneur von der Hauptstadt geworden, es hätte mich nicht so groß gefreut.« Man sah es den beiden Fräuleins an, daß auch sie in der Fülle des Vergnügens dem Kanzleirat hätten an die Brust fliegen mögen.

Es war gerade an einem Mittwoch, und Burkhardt wußte wohl, daß Frock kommen würde. Man beratschlagte noch, wie man ihn auf die angenehmste Weise überraschen könnte mit der Nachricht, als er eben zu Leonorens Unterricht hereintrat. Nun umringten ihn Alle fröhlich; Jedes verkündete ihm das Evangelium; Jedes wünschte Glück. Man las in seinen Zügen angenehme Bestürzung. Dann dankte er dem Kanzleirat für seine Güte, den Andern für ihre Teilnahme; und mitten aus der Heiterkeit, die von seinem Antlitz leuchtete, ging er in schwermütigen Ernst über. Er erklärte, die Stelle wegen Mangels dazu nötiger Kenntnisse und Fähigkeit nicht annehmen zu können. Von allen Seiten widerlegt, sagte er: daß er zu solchem Amte keine innere Neigung fühlte. Man machte ihm auch hier so gründliche Einwendungen mit Berücksichtigung seines unsichern Broterwerbs, daß ihm zuletzt nichts übrig blieb, als mit einem Achselzucken zu bedeuten: er dürfe sich um das Amt nicht bewerben; höhere Ursachen, die er nicht angeben könne, versagten ihm das.

Nun ward trauriges Schweigen; es fragte Keiner weiter. Frock nahm, als wäre nichts geschehen, Leonorens Unterricht vor. Der Kanzleirat empfahl sich. Der Major warf sich, seine Pfeife rauchend, in den Sorgenstuhl, und Josephine nahm ihren Sitz am Fenster ein, nähend und horchend.

Auch in der Folge sprach Niemand weiter davon. Aber seit dem Tage schlossen sich Alle enger um den rätselhaften Dulder, der, ohne Vermögen, ein einträgliches Amt verschmähte, und sich das Leben mit Geschäften fristete, von denen er selbst oft sagte, sie wären ihm langweiliger und mühsamer, als Holzspalten. Man schien durch herzliche Teilnahme das geheimnisvolle Schicksal vergüten zu wollen, das ihn quälte. Selbst Josephine, sonst zurückhaltend, nahte sich ihm schwesterlicher. Er aber blieb unabänderlich derselbe; gegen das schöne Fräulein so fremd und gut, wie gegen den Major. Nach Jahr und Tag war er, wie den ersten Tag.

Nicht so blieb das Verhältnis gegen Burkhardt. Dieser hatte Gelegenheit genug, aus tausend Kleinigkeiten wahrzunehmen, daß Alle dem stillen Frock mehr, als ihm zugetan waren. Nun durch seinen Stand, reichern Gehalt und Rang wohl zu kühnen Hoffnungen berechtigt, und vertraut mit der Dürftigkeit des Majors, faßte er den Entschluß, um Josephinens Hand zu werben. Dem Major offenbarte er sich zuerst, und dieser hörte ihn mit Vergnügen an.»Ganz gut! Mein Ehrenwort haben Sie; wenn das Mädchen Sie will, geb' ich es Ihnen. Sie sind ein kreuzbraver Mann; das sag' ich allemal. Aber fangen Sie es mit Josephinen geschickt an. Sie hat ihre Eigenheiten. Gewinnen Sie ihr Herz, dann haben Sie Alles. Aber ein Antrag voran, das hieße Alles verderben. Ich werde ihr kein Wörtchen von dem sagen, was Sie mir vertrauten.«

Burkhardt wagte nun, sich dem Fräulein mit größern Aufmerksamkeiten zu nähern. Josephine aber schien schon seit geraumer Zeit kälter ihm gegenüber zu stehen, als sonst. Das war unverkennbar. Ein Grund ließ sich davon nicht einsehen. Burkhardt klagte es dem Major. Dieser war einen Augenblick verlegen, nahm ihn bei der Hand, führte ihn – denn das Gespräch ward im Gärtchen hinteren Haus gehalten – in das Zimmer zu seiner Tochter, und sagte: »Höre, Josephine, ich habe dem Kanzleirat kein Wort gesagt, aber sag' du's ihm. Hat er's getan, nun, so hat er's doch nicht übel gemeint; deswegen müßt ihr nichts wider einander haben. Führ' ihn vor die Kommode, und damit hat das Ding ein Ende.«

Das Fräulein ward feuerrot, und schien mit dem Befehl des Vaters nicht zufrieden zu sein. Aber sie gehorchte. Sie ging mit dem Kanzleirat in ein Nebenstübchen, schloß eine Kommode auf und, indem sie auf einige Stücke feiner Leinwand, auf einige Stücke Indienne und Satin, und auf einen Brief zeigte, welcher die Aufschrift an den Major und den Beisatz: beschwert mit dreißig Louisd'or, hatte, sagte sie: »Ich muß Sie bitten, diese Geschenke, welche Sie uns bald am Geburtstage meines Vaters, bald an Leonorens, bald an meinem Geburtstage durch die Post schickten, wieder anzunehmen. Ich ehre das Zartgefühl, mit dem Sie sich als Geber verbargen, und die Freundschaft, welche Sie zu so kostbaren Geschenken verleitete. Wir aber dürfen sie nicht behalten, weil wir dergleichen nicht erwidern können.«

Burkhardt sah mit Erstaunen den Schatz der Kommode an, als er Josephinens Worte hörte. »Ich bezeuge Ihnen, mein teures Fräulein«, sagte er endlich, »als redlicher Mann, daß ich Sie gar nicht verstehe. Ich habe an dem Allem keinen Teil gehabt. Sie werfen falschen Verdacht auf mich.«

»Herr Kanzleirat«, erwiderte Josephine, und beobachtete ihn mit ernsten, etwas feuchten Blicken und hochgeröteten Wangen: »Ich kann Sie als unsern Freund, aber nicht als unsern Wohltäter sehen. Ich beschwöre Sie, wollen Sie das alte Verhältnis herstellen, so nehmen Sie die Sachen zurück. Alles liegt hier unberührt, und wird nie von uns berührt werden. Kein Anderer hat es uns gesandt, als Sie. Nur Sie konnten es, nur Sie wußten die Tage, und auch wohl die Augenblicke, wenn mein Vater in einiger Geldverlegenheit sein konnte.«

Auf dies Alles wiederholte Burkhardt seine erste Aussage, und mit so vielem Ernst, daß Josephine beinahe irre ward. Doch fühlte sie wohl, er könne jetzt kaum anders reden. Sie gingen zurück. Das Betragen des Fräuleins änderte sich nicht. Josephine hatte längst umhergeraten, von wem die Geschenke kommen möchten. Wäre es der Kanzleirat nicht, so hätte es wohl der verliebte Graf sein können, der sich vielleicht wieder einschmeicheln wollte. Frock war ihr nicht verdächtig gewesen. Nun aber Burkhardt sich ernstlich von aller Schuld rein wusch, stieg doch der Argwohn bei ihr auf, daß Frock vielleicht der Geber sein möge. Sie beobachtete ihn mit schärferen Blick, und eines Tages, da er Leonorens Unterricht beendet hatte, mußte er Josephinen ins Nebenstübchen folgen.

Sie zog die Schublade der Kommode hervor, zeigte auf die darin liegenden Sachen und sagte:»Herr Frock, seit vielen Monaten kommen meinem Vater Geschenke zu von Zeit zu Zeit für ihn oder uns Mädchen; wir wissen nicht, von wem. Sie bleiben unberührt. Ich hatte den Kanzleirat in Verdacht. Er leugnet. Mir sollte es leid tun, wenn ich den trefflichen Mann unverdient kränkte. Helfen Sie mir auf die Spur, wer dies sandte und sich zu unserm Wohltäter aufdringen will?«

Frock stand errötend mit gesenkten Augen neben ihr.»Sie reden etwas hart, liebes Fräulein. Wissen Sie denn auch, ob der, welcher diese Dinge schickte, Wohltäter oder Abzahler einer Schuld sein will? Ist er ein Schuldner, so sehe ich nicht ein, warum Sie die Zahlung anzunehmen weigern? Gegen Wohltaten und Almosen haben Sie das Recht, stolz zu sein.«

»Lieber Frock«, sagte Josephine, und betrachtete ihn mit durchdringendem Blick:»sind Sie es selbst gewesen? Reden Sie redlich!«

»Verdammen Sie mich, Fräulein. Ja, ich bin es gewesen. Ich habe gefehlt, daß ich es so linkisch anfing, und Sie mit Kleinigkeiten in Verlegenheiten setzte, um mir Verlegenheiten zu ersparen. Wollen Sie nun das Alles wieder zurückgeben?« fragte er mit weicher, bittender Stimme.

»Nein, nun behalt' ich Alles, Alles!« sagte Josephine, und Tränen fielen aus ihren Augen, mit denen sie ihn anlächelte, während sie mit beiden Händen seinen Arm dankbar und sanft drückte: »Ihnen kann es nicht einfallen, unser Wohltäter sein zu wollen. Sie sind unser Freund. Aber, nicht so: Sie versprechen mir, uns keine ähnlichen Geschenke mehr zu machen? Sie sind ein Verschwender!«

Als beide zurück ins Zimmer kamen, sah Leonore erschrocken die weinenden Augen ihrer Schwester. Im gleichen Augenblick trat auch der Major herein. »Was gibt's?« fragte dieser verwundert. Josephine umarmte ihren Vater, und sagte: »Bedanken wir uns bei dem guten Frock; er hat uns mit den Kostbarkeiten in der Kommode beschenkt. Dem Freund zu Ehren wollen wir uns nun damit kleiden.«

»O lieber, lieber Herr Frock!« sagte entzückt Leonore, und legte sich schmeichelnd an ihn: »Aber die Indienne zu meinem Geburtstage war auch gar zu schön!«

Mit dieser Aufklärung war in der Tat das alte Verhältnis zwischen Burkhardt und dem Fräulein wieder hergestellt. Ja, Josephine war weit gefälliger gegen ihn, als vormals, wie wenn sie ein Unrecht an ihm gut zu machen hätte. So glücklich aber Burkhardt sich bei dieser Veränderung fühlte, blieb ihm doch unbegreiflich, daß die Frauenzimmer ohne Widerwillen, was sie von ihm nicht angenommen haben würden, dem ärmern Frock nicht ausgeschlagen hatten. Sie verarbeiteten das Linnen mit sichtbarem Vergnügen, und bereiteten sich neue Kleider, bei deren Verfertigung Frocks Name unaufhörlich genannt wurde. Burkhardt sagte einst zu Josephinen: »Sie nahmen von Herrn Frock die Geschenke: von mir hätten Sie sie verschmäht. Ich wage es kaum, Ihnen etwas anzubieten, aus Furcht, Sie zu beleidigen. Aber doch könnt' es mir weh' tun, daß Sie mich zurücksetzen.«

»Nicht doch, lieber Herr Kanzleirat. Ich schätze Sie so sehr, wie den guten Frock. Bieten Sie mir nun nur etwas an; ich will es nicht ausschlagen, das sollen Sie sehen. Aber zuviel darf es nicht sein. Zum Beispiel die Nelke da, die Sie im Knopfloch tragen.«

»Darf ich Ihnen nichts Besseres anbieten, liebenswürdiges Fräulein?«

»Aber nicht zuviel.«

Er lehnte sich ihr zu und flüsterte: »Was ich habe und bin, nehmen Sie Alles und mich selbst.«

Josephine zog sich errötend zurück und sagte: »Herr Kanzleirat, das ist zu viel!«

Er sprach offener, dringender. Der Major kam wie gerufen dazu, und gab auch sein Wort drein. Josephine im Gedränge sprach mit etwas feierlicher Stimme: »Ich finde mich durch Ihre Freundschaft geehrt, Herr Kanzleirat; aber ich bitte Sie, von allem Andern zu schweigen. Es würde unsere Zufriedenheit stören. Wir wollen tun, als wäre nichts gesprochen worden.«

Josephine freilich konnte wohl so tun, aber nicht der betrübte Kanzleirat. Er mied von dem Tage an das Haus, in welchem er die besten Hoffnungen seines Lebens verloren hatte. Nach einem Vierteljahr hörte man, er habe sich vermählt. Der Major sagte mit unzufriedenem Blick auf Josephine: »Das tat der arme Schelm aus Verzweiflung.«

Obwohl Frock nur der einzige Hausfreund war, kam er darum weder öfter, als Sonnabends und Mittwochs regelmäßig, oder wenn er allenfalls eingeladen war; noch änderte sich sein Wesen, das jede engere Vertraulichkeit zu fliehen schien. Nur mit Leonoren, seiner Schülerin, war er ungebundener; aber Leonore hing auch mit aller Zärtlichkeit und vergötternden Leidenschaftlichkeit an ihm, deren ein zwölfjähriges Mädchen fähig war, das sich selbst noch nicht verstand. Für ihn erzog sie Blumen; für ihn sann sie auf kleine Überraschungen; ihm sah sie mit Ungeduld entgegen, wenn er um eine Viertelstunde zu spät kam; von ihm hatte sie Träume. Die Mittwoche und Sonnabende waren ihr Festtage.

»Sehen Sie, Herr Frock, lieber Herr Frock!« sagte sie eines Tages: »Sie sind recht gut. Aber Josephine sagt doch, Sie wären nicht glücklich. Und Sie sind es auch nicht. Sagen Sie, was fehlt Ihnen?«

»Ich bin glücklicher, als ich es zu sein verdiene.«

»Ist das auch wahr?«

»Gewiß, Fräulein.«

»Sehen Sie mir auch recht in die Augen, Herr Frock! – Ach! Da ist ja doch etwas Trübes! Nun seien Sie mir ganz still. Ich will Sie etwas recht Ernsthaftes fragen. Warum gehen Sie gar nicht in die Kirche?«

»Wie hängt das mit dem Glück zusammen?« sagte Frock.

»Das fragen Sie? Haben Sie nicht selbst gesagt, mehr als einmal: ohne Religion sei kein Glück? Wer mit Gott sei, der könne nicht unglücklich werden?«

»Aber, Fräulein, die Kirche ist nicht die Religion, und Gott wohnt ja allenthalben.«

Leonore dachte nach, schüttelte den Kopf und erwiderte: »Sie wissen immer etwas, wogegen ich nichts einwenden kann; und ich fühle doch, Sie haben diesmal wohl Unrecht. Sie könnten ein recht heiliger Mensch werden, wenn Sie in die Kirche gingen.«

»Was Christus nicht heiliger, als wir, Fräulein? Sagen Sie mir aber, ging er in die katholische, oder lutherische, oder reformierte Kirche? Wenn Sie mir bestimmt sagen, wohin er ging, so will ich ihm dahin folgen.«

Leonore wußte nicht, was sie antworten sollte. »Er war nicht katholisch«, sagte sie, »reformiert auch nicht, lutherisch auch nicht. – Was sind Sie denn aber? Wie, sind Sie nicht von unserer katholischen Kirche? Sind Sie vielleicht«, setzte Leonore schüchtern hinzu, »wohl gar lutherisch? O nein, das sind Sie nicht. Sagen Sie nein.«

»Würde ich weniger Wert in Ihren Augen haben«, erwiderte Frock, »wenn ich nicht zu Ihrer Kirche gehörte?«

»Ach, das ist traurig!« seufzte Leonore, und schluchzte bitterlich. Frock konnte sie kaum beruhigen.

Als er das folgende Mal wieder kam, sah ihn Leonore ernsthafter an, als gewöhnlich. Er bemerkte in ihr sonderbare Ängstlichkeit mit Mitleiden vermischt. Er zog ein Buch hervor, gab es ihr und sagte: »Dies wird Sie vielleicht am besten belehren und beruhigen.«

»O wenn das je möglich wäre!« sagte Leonore mit Heftigkeit. Sie nahm das Buch. Es war Lessings Nathan der Weise.

Sei es, daß dies vortreffliche Buch, oder natürlich leichter Sinn, Leonorens Gewissensfrage besänftigte. Sie söhnte sich mit dem Gedanken wieder aus, daß Frock ein Ketzer sei. Heimlich aber machte sie doch Anschläge, ihn zu bekehren. Das hoffte sie am besten zu erreichen, wenn sie ihn bereden würde, mit ihr Sonntags oder auch wohl während der Woche einmal in die Messe zu gehen. Inzwischen traf ein ganz unerwartetes Ereignis ein, welches alle Bekehrungspläne zerriß. Der Major trat eines Morgens odemlos in Frocks Stube, umarmte ihn und sagte:»Nun Freund Jonathan, nun kann dir dein David Alles wieder erstatten; nun deine Liebe vergelten. Denk' auch! Sieh' hier den Brief! Der kommt vom Stadtrat da, in – nun kurz, Dings da, gleichviel! Mein Vetter, der alte Generallieutenant – ei du weißt ja, der Dings da, ich habe dir erzählt, wie er bei Dings da blessiert ist – nun, er ist gestorben, hat keine Erben, bin von Rechts wegen und durch seinen letzten Willen einziger Erbe aller seiner Güter. Gott habe den Vetter Dings da selig! Aber wir waren immer gute Freunde. Bin ein reicher Mann. Lies auch! Schreiben, ich soll kommen, oder statt meiner einen schicken – nun, verstehst's ja besser, als ich, so einen Dings da zu nehmen, der die Sache in Richtigkeit bringe. Hol's der Geier, es sind da Weiber und Advokaten, welche Einspruch tun. Wenn's nur nicht schief geht, und mir die Freude wieder zu Wasser wird. Verstehe nichts von Juristerei; bin alt; im rauhen Winterwetter möchte ich auch nicht reisen.«

Frock las den Brief. Die Sache war, wie sie Herr von Tulpen gesagt hatte, die Erbschaft bedeutend, aber sowohl das Testament, als das Näherrecht zum Erbe, durch eine Seitenlinie von den Verwandten des Verstorbenen angefochten, die sogar seinen Namen führten. Frock versprach dem Major, er selbst wolle dahin reisen und die Sache ins Reine bringen. »Bis zum Frühjahr ist's hoffentlich abgetan; dann können Sie mit den ersten Tagen Ihre Güter beziehen!« sagte Frock, packte seine Bücher ein und fing sogleich mit dem Major das Verhör über dessen Verwandtschaft zu dem Verstorbenen an.

Inzwischen, ehe alle zur Entscheidung des Streites nötigen Papiere zusammengebracht waren, verstrichen einige Wochen. Frock war in dieser Zeit, da er seine bisherigen Bureaugeschäfte aufgab, fast alle Tage im Hause des Majors. Welche Pläne wurden da gemacht, welche Träume! – Leonore und Josephine malten sich den Himmel in die Zukunft; die Farben, die im Regenbogen lodern, waren ihnen viel zu matt. Und Frock, das setzten beide so gut, wie ihr Vater voraus, Frock stand in allen Planen, in allen Träumen. Wie konnte der Mann fehlen, der nur allein nicht wußte, daß er zum Glück der Übrigen unentbehrlich geworden?

Selbst Josephine, die feinberechnende Kennerin ihres Wirkungs- und Lebenskreises, von deren Beifall am Ende doch Alles abhing, und die von Allen angebetet ward: selbst Josephine verhehlte ihrem Vater gar nicht, daß auch Frock notwendig die Hauptstadt aufgeben und mit ihnen ins gelobte Land ziehen müsse. Ohnedem wären wir – das war ihr Ausdruck – ohne Segen! –»Du hast das rechte Wort getroffen!« rief Leonore:»Haben Sie es gehört, lieber Vater? Ohne Segen!« Der Major brummte:»Versteht sich!«

»Aber« sagte Josephine, und stieg von ihrem Fenstersitz, und umschloß mit beiden Armen den alten Major,»aber, Vater, wird er sich auch dazu entschließen? Er hat nie ein Wort dazu gesagt, so oft wir ihm auch in unsern Entwürfen Hauptrollen gaben. Lieber Vater, Frock ist ein sehr eigener Mann. Ich bitte Sie, lassen Sie sich von ihm das Versprechen geben, uns zu begleiten.«

Herr von Tulpen wunderte sich ein wenig über die Ängstlichkeit Josephinens.»Mir ist aber wirklich bange!« sagte sie.

Sobald Frock kam, war des Majors erstes Wort:»Freund Jonathan, meine Mädchen wollen mir Schrecken machen, als könntest du tolle Streiche treiben, und uns verlassen, wenn wir nach Dings da reisen. Es ist keine Rede davon, gelt? Du machst dir aus dem Leben in der Hauptstadt nichts, und ziehst mit uns auf die Güter, und bleibst bis ans Ende der Tage. – Suche du dir, als Quartiermacher deine Wohnung, deinen Garten, Alles selbst und vor Allem aus. Wir Andern nehmen vorlieb mit dem, was du uns anweisest.«

Frock beugte sich dankend. Er verfärbte sich. Man sah, es ging in ihm etwas Schmerzliches vor.

Leonore sprang mit lautem Schrei und ausgebreiteten Armen gegen ihn, drückte sich fest an ihn und rief.»O lieber Herr Frock, nicht dies Gesicht, nicht dies Gesicht! Es ist ein Todesengelsgesicht. Ich kenn' es schon.«

Josephine hatte ihn gesehen, und setzte sich erblassend nieder. Sie zitterte. Von Zeit zu Zeit schlug sie die Augen gegen Frock auf.

»Reden Sie doch!«, rief Leonore:»Sie bleiben bei uns, unzertrennlich! Sagen Sie um Gotteswillen Ja!«

Frock legte beide Hände aufs Herz und mit einem Blick, mit dem er voraus um Verzeihung flehte, sprach er:»Das kann ich nicht!«

»He!« schrie der Major erschrocken:»Bin ich nicht dein David? Und du willst mich verlassen, Jonathan? Scherze doch nicht mit uns; du siehst, wie jämmerlich solch ein Scherz uns zurichtet. Hand her, Kamerad; du wirst dein Leben bei uns auf den Gütern zubringen.«

»Ich kann nicht!« antwortete Frock halblaut, aber mit dem ihm eigentümlichen Ton der Entscheidung.

»Kannst nicht, Jonathan? Was hindert dich? Bist ja frei, wie der Vogel in der Luft. Kannst nicht? Possen da! Was hält dich in der Hauptstadt zurück? Sind wir nicht deine einzigen Freunde?«

–»Die einzigen.«

»Oder, he, sag's heraus: hat den jungen Herrn ein schönes Kind gefesselt? Spaß! wir fesseln das Ding da und nehmen es mit uns. Nur heraus mit der Sprache. Eine Geliebte?«

–»Keine.«

»Nun, was ist an der Hauptstadt gelegen?«

–»Nichts.«

»Und willst nicht bei uns bleiben und wohnen im gelobten Land, nachdem du unser Engel in den Jahren unsers Jammers gewesen?«

–»Ich kann nicht.«

»Warum aber nicht? Es muß doch ein Hindernis sein. Das Hindernis wird sich heben lassen! Weißt du, als sie bei Dings da meinten, es sei unmöglich, die Batterie zu nehmen? Setzte ich nicht mit meinen Grenadieren an, und nahm sie? Kostete freilich zehn oder so und so viel prächtige Kerls.«

–»Ich werde Alles für Sie tun; ich könnte sterben für Sie. Aber tun Sie auch etwas für mich. Lassen Sie mich frei ziehen, wohin ich will, sobald ich Ihre Erbschaftsangelegenheit berichtigt habe. Und reden wir doch nie wieder davon. Sie wissen nicht, wie Sie mir das Herz zerreißen. Ist Ihnen mein Leben, meine Gesundheit lieb, reden Sie nie wieder davon.«

»So fahre wohl, gelobtes Land!« schluchzte Leonore: »Vater, wir wollen dann hier in der Stadt bleiben.«

»Mir recht!« sagte finster der Major.

»Dann – dann«, stammelte Frock, »dann – werde ich in jedem Fall die Stadt verlassen. Heilige Pflichten rufen mich anderswo hin.« Er war so bewegt, als er die letzten Worte sprach, daß er sie kaum vollenden konnte. Er beurlaubte sich, und versprach, nach einem kurzen Spaziergang wieder zu kommen.

Und wie er wieder kam, fand er sie Alle noch auf denselben Plätzen, wie er sie verlassen hatte. Der Major saß düster in seinem Sorgenstuhl; Leonore in einem Winkel mit verweinten Augen; Josephine ohne Tränen, aber etwas steinern. Es war in ihren Zügen etwas, das sich nicht beschreiben läßt; etwas Totes, Starres, bei aller Schönheit Grauenvolles. Leonore und ihr Vater sprangen auf, ihn schmeichelnd zu bewillkommen. »Hast dich eines Bessern besonnen, Jonathan, nicht wahr?« sagte der Major. Aber Josephine regte sich nicht.

»Sprechen wir von heitern Dingen!« sagte Frock. Aber die Versuche waren vergebens. Frock machte sich an die Papiere, und schrieb, bis es dunkel ward. Die Andern saßen stumm umher. Leonore weinte und nähete. Josephine starrte, ihr schönes Haupt auf die Hand gestützt, unbeweglich durch die Fensterscheiben hinaus, ohne die Vorbeiwandelnden zu sehen.

»Bleibt mir mit euern Kindereien vom Halse!« rief folgenden Tages der Major, als er zu seinem Freunde Jonathan ins Zimmer trat, und ihn auf dem Bette liegend, krankhaft bleich, mit geschwollenen Augen fand. Frock war im Tulpenschen Hause zum Mittagessen erwartet gewesen und nicht gekommen.

»Wie spät ist's?« fragte Frock, und sprang auf. Vor seinem Bette stand ein Tisch mit kalt gewordenem Punsch, daneben eine Flasche Madeira. Vom letztern trank er sogleich hastig ein großes Glas voll und reichte dem Major die Hand.

»Drei Uhr vorbei!« sagte Herr von Tulpen.

»Drei Uhr? So habe ich einen sieben Stunden langen totenartigen Schlaf getan diesen Morgen. Desto besser. Ich habe Alles diese Nacht zu Ende gebracht. Ich kann in folgender Nacht abreisen auf Ihre Güter. Ich zahle meiner alten Wirtin, und bleibe den Abend bei Ihnen, lasse die Post dahin kommen und steige dort ein. – Mir ist nicht mehr wohl hier. Meine Gesundheit fordert eine milde Bewegung und Zerstreuung, sonst reibt's mich auf.«

»Hast du Gesellschaft gehabt?« fragte der Major, und zeigte auf den Punsch und Wein.

»Ich habe die Nacht gearbeitet, und...«

»Den Geist ermuntern wollen.«

»Mein Geist bedarf keines Sporns. Aber was den Geist niederzieht, das elende Fleisch und Blut mußte ich bestechen, daß es folge.«

»Kamerad, du siehst erbärmlich aus. Wir sind Männer. Kamerad, rede mir frei vor Gott, was treibst du, oder was treibt dich? Ich will schweigen, wie ein Toter, aber rede. Warum bist du nicht wie andere Menschenkinder sind? Warum schlugst du des Dings da, des Fürsten Anerbietungen im Gefängnis aus, da er dir in seinem Lande ein ehrenhaftes Amt geben wollte? Warum zogst du freiwillige Niedrigkeit und Armut vor? Warum lehntest du Burkhardts Registratorstelle ab? Warum liebst du uns und stellst dich gegen uns Alle kälter und fremder, als du bist? Warum tust du Verzicht auf die Freuden der Freundschaft, offenbar wider deines Herzens Willen, das für Freundschaft so empfänglich ist? Warum fliehst du gute

Menschen, die dich suchen, die ihr Leben für dich in die Schanze schlagen würden? Warum bist du so veränderlich wie die Sonne an einem Apriltage, daß dir's mitten in aller Lust über das leuchtende Antlitz wie eine finstere Wolke zieht? – Weiche mir nicht aus! Sieh, Jonathan, es geht nicht gut mit mir und dir, wenn du nicht redest. Warum willst du weder auf meinen künftigen Gütern, noch hier bleiben? Wir bedürfen dein. Wir beschwören dich um dies, was uns mehr als Reichtum gilt. Du sonst so Weichherziger, warum bist du hartherzig?«

Frock füllte sein Glas zum andern Mal, und stürzte den Wein hinunter.

»Ich glaube, du möchtest dich berauschen? Nichts da! Reden wir ganz ehrlich und nüchtern zusammen. Jonathan, rede! Wir sind allein. Hast du ein Verbrechen begangen? Rede, denn ich schwöre dir, du hast es unwillkürlich getan und nur schon zu lange dafür gebüßt. Du wirst in meiner Liebe nichts verlieren. Und hättest du mir Vater und Mutter erschlagen, ich könnte dir's verzeihen.«

»Ich bin kein Verbrecher!« sagte Frock mit stolzem Kopfschütteln.

»Nun, hol's der Geier, so bist du ein Narr. Welcher Teufel plagt dich denn? Kannst du denn das Rätsel selbst nicht lösen?«

»Wenn ich wollte, mit zwei Silben, Herr Major. Ich habe es beschlossen. Sie sollen es erfahren.«

»Wann?«

»Heute noch, ehe ich auf Ihre Güter reise.«

»Und wann ich die zwei Silben weiß, und dir dann antworte: Jonathan, das sind Possen!«

»Das werden Sie nicht.«

»Hol's der Geier, ich werd' es! Und wenn ich aller deiner Not ein Ende mache?«

»Das können Sie nicht.«

»Aber ich sage – höre, bringe mich nicht in Wut! – ich sage, ich will es können. Und wenn ich's kann, bleibst du dann mit uns?«

»Ja!«

»Ja – Hand her!«

Frock gab die Hand. Der Major schloß ihn küssend in die Arme, als wäre Alles überwunden. »Also, Wort gehalten! Heute noch sagst du mir das so fatale Geheimnis, dessen du dich nicht zu schämen hast?«

»Diesen Abend, ehe ich von Ihnen abscheide und in den Wagen steige, Herr Major. Aber sorgen Sie, Herr Major, daß der Abschied fröhlich, wenigstens ruhig werde. Lassen sie uns punschen, alles Grams vergessen! Es kann zuweilen Pflicht sein, sich zu betäuben. Ich möchte in einem Rausch von Ihnen scheiden. War doch mein ganzes Leben bei Ihnen ein Rausch.«

Der Major versprach, für einen heitern Abend zu sorgen. »Wir werden zufriedener von einander scheiden, als du meinst!« sagte er und ging, um sogleich Anstalten zu treffen.

Frock packte ein. Da er alles vollbracht hatte, sah er noch das Fernrohr liegen. Die Tränen traten ihm in die Augen. »Nun ja«, seufzte er, »komm nur her, und gib mir zum letzten Mal mein Glück!« – Er trat ans Fenster, er sah hinaus. Er sah Josephinen wirklich. Sie stand an einem der drei Bäume gelehnt, ihr schönes Gesicht in ein weißes Schnupftuch gehüllt. Er sah es an ihren Bewegungen, sie schluchzte weinend. Nach einer Weile trocknete sie schnell mit dem Tuche Augen und Wangen. O wie schön sie war, als sie, wie in einem Gebet, die blauen Augen gegen den blauen Himmel richtete! – Sie ging ins Haus.

»Gute Nacht! auf ewig gute Nacht, Josephine!« rief Frock, und warf sich im Schmerz über das Bett. Er liebte Josephinen mit aller Leidenschaft, deren ein zartfühlendes Herz fähig war. Er hatte nun zwei Jahre lang in ihrem Umgang oder vielmehr in ihrer stummen Anbetung gelebt; zwei Jahre lang mit sich selber gekämpft, und gefunden, daß seine Leidenschaft unüberwindbar sei. Darum war ihm die Reise, die Zerstreuung willkommen. Da hoffte er sich zu heilen. Nach Jahren und Tagen erst wollte er, oder nie, das Fräulein wiedersehen. Frock dachte und handelte, wie ein Mann denken und handeln soll, welcher nicht Raub seiner Leidenschaften sein will. Auch hatte er, so oft er das Tulpensche Haus binnen zwei Jahren betreten, mit bewundernswürdiger Kunst und Kraft die Glut seines Gemüts unter einer äußern kalten Höflichkeit verborgen gehalten. Gegen Jeden war er gesprächiger und traulicher gewesen als gegen Josephine. Sie sollte von seiner Leidenschaft nichts ahnen; noch viel weniger kam ihm zu Sinn, eine ähnliche in ihr zu erwecken. Und hätte er's glauben können, daß Josephine einer Gegenliebe fähig gewesen wäre, er würde dies Haus, die Stadt, das Reich schon früher geflohen haben. Er wollte allein unglücklich sein.

Zuweilen zwar ward ihm verdächtig, wenn er von ungefähr sah, wie ihr Auge fest und dunkel auf ihn hinblickte, und sie sich dann schnell, manchmal unruhig wegwandte; zuweilen, wie sie mit seltsamer Heftigkeit tat oder sprach, nicht gegen ihn, sondern gegen die Andern, wenn es ihn anging; zuweilen, wie sie, was ihm gefiel, am liebsten tat. Es atmete in ihrem Wesen etwas, das ihn wie Lieb' um Liebe ansprach; aber immer war sie dabei doch gegen ihn verschlossener, besonnener, als gegen alle Übrigen. Weder er hatte jemals ihr, noch sie ihm, ein schmeichelndes Wort geäußert. Sie standen wie fremde Menschen gegen einander, die sich nur in Formen allgemeiner Artigkeit begegneten.

Er ermannte sich, leerte das dritte Glas Madeira, legte Reisekleider an, bestellte die Post, wohin sein Koffer gebracht ward, und ging ins Tulpensche Haus.

Es war ihm nicht wohl, als er Josephinen allein im Zimmer fand. Sie war blaß. Er erkundigte sich nach dem Vater und der Schwester. Die letztere war des Punsches wegen ausgegangen, der Major seit einer Stunde abwesend. Er warf seinen Mantel ab und tat viele gleichgültige Fragen, die mit halben Worten beantwortet wurden. Sie saß am Fester, strickend, vor sich niederschauend. Er stand am Ofen, sie betrachtend. So schön war sie ihm nie vorgekommen, als in diesem Augenblick.

Nach einem Schweigen von mehrern Minuten stand sie auf, sah ihn an und ging langsam auf ihn zu.»Frock!« sprach sie mit ihrer gewöhnlichen Kälte und ihm fest ins Auge blickend:»Sie reisen also heute ab, wie mir der Vater gesagt hat? – Ich habe Ihnen eine Frage zu tun. Antworten Sie mir offen. Sie haben Ihr Wort gegeben, nicht wieder zu uns zu kommen. Ich will die Ursache davon nicht wissen, wenn es eine andere ist, als die ich das Recht habe zu vermuten.

Aber antworten Sie mir wahrhaft, wenn ich die Ursache angebe und – Ihren Irrtum vernichte. Ich fühle, ich bin die Urheberin alles Übels. Es reut mich.«

Frock war feuerrot, und sein Herz schlug so gewaltig, daß er kaum erwidern konnte:»Fräulein, was sagen Sie auch! Wie können Sie so denken?«

»Desto besser«, sagte Josephine,»wenn ich mich getäuscht haben sollte. Es wird viel zu meiner künftigen Zufriedenheit beitragen. Antworten Sie mir wahrhaft. Wir sind allein. Aber Gott ist unser Zeuge. Wollen Sie?«

Frock zitterte. Er antwortete:»Ich will!« hatte aber kaum den Mut, der Jungfrau ins Auge zu blicken, die feierlich und wunderschön vor ihm stand.

»So bekennen Sie denn; Sie stürzen meinen Vater und meine Schwester in Schmerz und Tränen; Sie wollen sich auf immer von ihnen trennen, von denen Sie so sehr geliebt werden, und gegen die Sie selbst die innigste Freundschaft nicht verleugnen können – Sie wollen fort von uns auf immer, und das nur meinetwillen!«

Er schwieg, von seinem Bewußtsein geschlagen, von seinen Gefühlen überwältigt. Er konnte sich nicht fassen.

»Ihr Schweigen ist Bestätigung!« sagte Josephine:«Ich fürchtete es zuweilen; Leonore erriet es. Aber ich bezeuge Ihnen, lieber Frock, daß es, der Allwissende weiß es, nie in meiner Absicht war, Sie zu beleidigen oder zu kränken. Mein Betragen gegen Sie mochte tadelnswert sein. Ich war gegen Sie nicht, wie mein Vater, wie meine Schwester waren, wie ich hätte sein sollen; aber, der Allwissende weiß es, kränken wollte ich Sie nicht. Sie sind mir wert, recht wert. O glauben Sie doch das. Hätte ich denn sonst Ihre Geschenke annehmen können, die ich dem Kanzleirat ausgeschlagen haben würde? Ich habe Sie gewiß nicht beleidigen wollen. Ich war anders gegen Sie, als gegen Andere. Aber dem Himmel ist's bekannt, ich konnte nicht anders. Verzeihen Sie mir, und deuten Sie mein bisheriges Benehmen gegen Sie nicht unrecht. Sie sind im Irrtum, wenn Sie glauben, daß ich etwas wider Sie habe, oder jemals gehabt hätte. Sie sind mir wert, wenn ich es Ihnen auch nicht äußerte und äußern konnte, wie der Vater und Leonore. – Nicht so? Sie verzeihen mir? Sie zürnen mir nicht?«

Ganz bestürzt und von seinen Empfindungen übermannt, rief Frock, indem er Josephinens Hand ergriff:»Was denken Sie, Fräulein? Sie mich beleidigt? Wie konnten Sie so etwas glauben? – Fräulein, o nein! Nein! In Ihrer Nähe atmen zu können, war ja mein einziges, mein höchstes Glück. Ja, Fräulein, der Gedanke an Sie wird immer mein schönster Gedanke bleiben!«

Er drückte ihre Hand an sein Herz, ließ sie dann fahren, sank in sich zusammen und stammelte:»Segnen Sie mich, dann lassen Sie den Unglücklichen ziehen!«

»Bin ich Ihnen«, fragte sie forschend und mit langsamer Rede, »bin ich Ihnen so viel wert, als mein Vater und Leonore?«

Er sank zu ihren Füßen nieder, legte seine Lippen an ihre Hand und sagte:»Mehr!«

»Was tun Sie, Frock!« rief Josephine, und richtete ihn, der nicht wußte, was er tat, in unaussprechlicher Bestürzung auf. Ihre Hände lagen in den seinigen, und sie zog sie nicht zurück.

»Das Mißverständnis«, sagte sie bebend, »ist gehoben. Ich darf dem Vater und Leonoren nun sagen, daß Sie sich nicht von uns trennen wollen.«

»Fräulein«, rief Frock:»nur Sie, in dieser Welt, Niemand, als Sie, können über mich gebieten, was ich soll. Ich werde Ihnen gehorchen, wie keinem Andern. Aber fordern Sie nicht, daß ich bleibe. Sie fordern meinen frühen Tod.«

Da stürzten die Tränen hell aus Josephinens Augen und über ihre Wangen, aber sie änderte keinen Zug ihrer Mienen, sondern sagte mit einer erschreckenden Kälte, wenn man diese gelassene Stimme, diese ruhigen Gebärden unter dem Tränenstrom so nennen darf. »Und trennen Sie sich auf immer von uns, so stören Sie das Lebensglück und die Freude Leonorens und des Vaters, und mich – töten Sie.« – Mit den letzten Worten, die sie erst nach einigem Zögern vorstieß, sank sie laut schluchzend mit ungebändigtem Schmerz hin.

Frock, seiner selbst nicht mächtig, umschlang die Halbohnmächtige. Wie in einem Traum umschlang er sie. Er bog sich über ihr Gesicht, heftete seine Lippen auf die ihrigen. Vergessen war Vergangenheit und Zukunft. Ihr Seufzer sagte, was er allen Engeln des Himmels nicht geglaubt haben würde, wenn sie es ihm bezeugt hätten.

Und als sich Josephine mit stolzem Schämen zurückzog, stand er an Allem, was geschehen war, zweifelnd da, und näherte sich schweigend noch einmal dem Fräulein, zog Josephinen noch einmal an sich. Und sie sprach:»Sie haben mir also gewiß nie gezürnt?«

»Ehe Sie mich kannten, liebte ich Sie schon mehr, als mein Leben!« rief der Entzückte.

In diesem Augenblick hörte man den Major mit Leonoren nahen. Josephine eilte ihnen entgegen, umarmte beide und rief mit entflammtem, begeistertem Gesichte:«Es ist nun Alles gut, Alles!«

»Gottlob!« schrie der Major, und drückte dem berauschten Frock herzlich schüttelnd die Hand:»Der Teufel komme euch Leuten auf die Sprünge. Es hätte Unglück gegeben, wäre nicht die Kleine hier auf den klugen Einfall gekommen.« Er zeigte auf Leonoren.

Leonore tanzte vor Freuden. Sie sprang zu Frock und sagte:»Sie sind also rein ausgesöhnt. Es ist wahr, Josephine ist immer sonderbar mit Ihnen umgegangen. Aber sie hat Sie doch lieb gehabt, ich weiß das gewiß, sehr lieb. O wie froh bin ich! – Kommen sie, ich muß Ihnen dafür einen Kuß geben. Ich taumle, ehe ich Punsch getrunken habe.« Und damit hing sie wie eine Klette fest am Halse des betäubten Jünglings, und küßte ihn mit heißer Innigkeit.

Da ward der Tisch gedeckt, die Lichter wurden angezündet, kalte Speisen aufgetragen, Wein dazu; Leonore und Frock mußten den Punsch anrichten. Es ging froh durch einander, und doch sprach man wenig Zusammenhängendes. Frock stand träumend, und preßte Zitronen. Josephine schwebte, sich selbst nicht fühlend, ab und zu; ihre Augen glänzten, auf den Einzigen hingewandt, der das Dunkel ihres Gemüts erhellt hatte. Leonore sang, schlug Zucker, tanzte herum, lachte und rief einmal ums andere:»Ich bin wie närrisch!« Der alte Major rauchte seine Pfeife, ging auf und ab, stimmte zuweilen in Leonorens Gesang, und fluchte wieder dazwischen auf drollige Weise gegen seinen Jonathan.

Man setzte sich in bunter Reihe. Leonore füllte die Punschgläser. Man mußte auf ewige Freundschaft anstoßen. Frock glühte. Er trank ein Glas ums andere. Er schien sich betäuben, sich selbst vergessen, oder sein Glück in vollen Zügen genießen zu wollen. Oft sank er in seinen Ernst zurück unwillkürlich. Kaum bemerkte aber dies Leonore, hob sie drohend den Finger gegen ihn auf und sagte:»Schon wieder?« Dann wischte er sich mit der Hand über die Augen und sagte:»Sie haben Recht! Es muß Alles vergessen sein, jetzt Alles! Das Böse kommt von selbst in seiner Stunde.« Er überließ sich seiner Seligkeit.

Als das einfache Nachtessen beendet war, und der Geist des Punsches die Freude Aller höher stimmte, und das Gespräch fröhlich durch einander tönte, zog der Major die Taschenuhr und sah nach der Zeit. Frock, es bemerkend, erschrak und fiel in vorige Finsternis und Nüchternheit zurück. Josephine schüttelte den Kopf gegen ihn, legte ihre Hand sanft auf die seinige und sagte:»Immer noch der Alte?«

Die Berührung ihrer Hand trieb ihm alles Blut wieder froher durch die Pulse.»Ich dachte nur an die Abreise!« sagte er.

»Die Abreise!« rief Leonore unwillig.»Frage: ließe sich die Abreise nicht auf ein paar Wochen verschieben?«

Josephine fügte ihrer einen Hand nun auch die zweite zu, und lispelte lächelnd bittend:»Wohl, Frock, wohl, ein paar Tage!«

»Kinder!«, rief der Major dazwischen:»Jonathan hat kein Quartier mehr in der Stadt, und Alles eingepackt. Fort muß er nun. Laßt ihn nur gehen. Er sitzt im Postwagen so bequem, als im Wirtshaus. Was sein muß, das muß sein. Fort mit ihm. Jetzt entlaß ich ihn gern, nun er uns bleibt. In wenigen Wochen holt er uns ab ins gelobte Land.«

Das Wort »gelobtes Land« war genug, Alle zu begeistern. Die alten Entwürfe der künftigen Einrichtungen wurden wieder lachenden Mutes gemustert und verschönert. Der Major redete von den Tagen seines Alters mit rührendem Entzücken. Er lebte nur für seine Töchter, und bisher hatte er für sie nur die düstersten Aussichten gehabt.

»Bin nun geborgen, kann meine Augen einst sorgenfrei schließen; werden wenigstens nicht mit dem Mangel ringen müssen!« sagte er. »Aber Eins, ihr Mädchen, fehlt noch. Das vergesset mir nicht zu geben, ehe ich abfahre. Ein paar Schwiegersöhne, die mir wohlgefallen und meine rechten Söhne werden.«

»Bleiben Sie doch ohne Kummer für mich, Väterchen«, sagte Leonore lachend:»mit mir sollen Sie zufrieden sein. Und Josephine da? Sehen Sie doch, wie die beiden hier Hand in Hand, Aug' in Auge wurzeln? Haben Sie in Ihrem Leben schon dergleichen erlebt und gesehen, Väterchen? Machen Sie Ihren Jonathan zum Sohne, wie froh wäre ich mit solchem Bruder!«

Josephine zog errötend die Hand aus der Hand des Nachbars, und sagte erschrocken:»Ich glaube wahrlich, Mädchen, du hast einen Rausch, einen argen!«

»Jonathan, Jonathan!« rief der Major, und drohte scherzend und bedeutungsvoll über den Tisch hinüber:»Ich merke Unrat! Was treibst du für Händespiel mit Josephinen, die du dich seit zwei Jahren kaum recht anzusehen getrautest? Komm einmal her; hierher zu mir! Es fällt mir etwas bei.«

Frock stand auf und ging zum Major.»Sei ehrlicher, Jonathan«, sprach dieser zu jenem,»sei ehrlicher jetzt, als du diesen Nachmittag gegen mich warst. Du liebst Josephinen?«

Es nahm Frock die Hand des Majors und preßte sie schweigend an seine Brust. Josephine erhob sich in schöner Verwirrung, sah rechts und links, und wollte davon.

»Halt, Mädchen, du bleibst!« sagte ihr Vater,»denn du sollst Rede stehen zu dem, was du mir diesen Vormittag gesprochen hast. Bleib. Es soll Alles ins Reine. Dann weißt du, woran du bist. Ich mag das Hangende und Schwebende nicht. – Und du, Jonathan, tu' den Mund auf und rede. Verdammt sei diese Schüchternheit, die uns um ein Haar Alle ins Unglück gebracht hätte. Du liebst Josephinen! Ist nicht dies dein Elend, das du nicht hast bekennen wollen, und das dich von uns zu treiben drohte?«

»Es ist mein Unglück!« sagte Frock, die Blicke düster auf die Seite gewendet: »Ich liebe sie. Wie hätte ich anders können? Das ist mein Elend!«

»Hol's der Geier, Jonathan, sprich endlich andere Sprache. Elend! Nun ja, hast geglaubt, du seiest arm, ich würde sie dir nicht geben. Bist du nicht reicher, als ich? – Hast geglaubt, du seiest ein Bürgerlicher, dürfest das Auge nicht zum Fräulein von Tulpen erheben. Wetter, bist du nicht adelichern Herzens, denn ich? Denk' doch an die goldene Dose! Hab' ich auch nur einmal so edel getan, wie du schon vielmals? Hast gemeint, ich verachte dich. Links gemeint, junger Herr. Diesen Morgen hab' ich's mit Schrecken und Freuden erfahren, was du ihr bist. Hab' dir's ja den Nachmittag auf die Zunge gelegt, daß du sie von mir fordern sollst. Aufdringen konnte ich dir doch mein Kind nicht! He! ist's nun noch Elend?«

Wie vorher starrte Frock vor sich hin. Indem rollte ein Wagen draußen. Des Postknechts Horn blies vor der Tür.

»Kannst warten draußen!« rief der Major, stand auf und umarmte Jonathan und Josephinen: »So muß es sein, ehe du wegfährst. Gott segne euch. Nimm sie, Jonathan, sie ist deine Braut; du bist mein Sohn.«

Sträubend lehnte sich mit schnellfliegendem Odem Frock zurück.

»Was«, lallte erschrocken der Major, »was ist denn?«

Josephine sah mit Entsetzen auf Frock hinüber.

»Liebst du sie nicht?« fragte der Major heftig.

»Ich darf nicht!« antwortete Frock.

»Darfst nicht? Wer verbietet es?«

»Sie werden, Sie können mir Josephine nicht geben; Josephine kann mich nicht lieben. – Ich bin kein Verbrecher. – Aber – ich bin – –« Frock zog bei diesen Worten ein versiegeltes Papier aus der Tasche und warf es auf den Tisch. Josephine war totenblaß. Leonore schrie laut vor Angst, weil sie von Allem nichts begriff.

»Still doch!« schrie der Major:»Was Teufels ist denn los? Jonathan, heraus, warum weigerst du dich, mein Sohn zu sein?«

»Herr Major«, sagte Frock mit einem Male sehr ernst und fest, »ich bete Josephinen an. Nie hab' ich ein anderes Mädchen geliebt. An mir nicht liegt die Schuld, daß ich des Glücks nicht teilhaftig werde, das mir Ihr Edelmut zudenkt; auch gewiß nicht am Schicksal.«

»Hol' der Geier die Vorreden!« unterbrach ihn der Major:»Heraus, woran liegt's denn?«

»An Ihren Vorurteilen, Herr Major.«

»Was Geier, Vorurteile?«

»Ich bin kein Christ!«

»Jesus Maria!« schrie Leonore.

»Ich bin in der mosaischen Religion geboren; ich bin, mit zwei Silben, ein Jude.«

»Ein Jude!« stotterte der Major verblüfft, und ließ die Arme niedersinken. Leonore sprang mit durchdringendem Schrei zu Josephinen, die neben einem Sessel niedersank. Frock sagte:»Lesen Sie das versiegelte Blatt! Lebt wohl, ihr Herrlichen! Lebe wohl, du mein Himmel!«

Er nahm Mantel und Hut, und stürzte zur Tür hinaus. Der Postknecht stieß ins Horn. Der Wagen rollte davon.

Der Inhalt des versiegelten Blattes, welcher als Fortsetzung oder Nachklang seiner Rede angesehen werden mußte, war wörtlich folgender:

»Ich bin ein Jude. Und mit diesem Geständnis, o ihr meine Geliebten, empfangt ihr die Auflösung zum Rätsel meines Betragens. – Welches Mädchen unter allen Christinnen würde mich beglücken wollen? Welche weltliche oder geistliche Behörde eurer Länder würde mich in öffentlichen Ämtern, oder auch nur in den Schulen der Christenkinder lehrend, dulden? – Ich bin ein Jude, das heißt, ohne etwas verbrochen zu haben, schweigend geächtet, weil ich von einem Volke abstamme, welches durch das Vorurteil der Jahrtausende bei Christen, Türken und Heiden geächtet und verachtet, und durch die ewige Verachtung erdrückt, leider oft verachtungswürdig geworden ist.

Ich bin von armen Eltern im Elsaß, die gleich tausend andern Glaubensgenossen durch das Vorurteil der Welt zum Handel, Wucher und Christenbetrug gezwungen wurden, um ihr Leben zu fristen. Meine Knabenjahre fielen in die ersten Zeiten der französischen Staatsumwälzung, als auch die Bekenner der mosaischen Religion zum ersten Mal das Recht empfingen, unter Menschen Menschen in vollem Recht, und in einem großen Staate Bürger zu sein, und nicht ausgebannte, nur großmütig geduldete, fremdartige Geschöpfe.

In den Wirbeln der bürgerlichen Stürme ward ich als Trommelschläger, da ich noch lange nicht das mündige Alter erreicht hatte, von meiner Heimat weggerissen. Ich sah die betagten Eltern nie wieder. Aber meine Jugend, meine unbesonnene Herzhaftigkeit, mein natürlicher Verstand erwarben mir Freunde. Ich war Bedienter eines Obersten, der nachmals unter den französischen Feldherrn einen ehrenvollen Namen erwarb, und mich so lieb gewann, daß er meine Verwilderung in den Feldlagern bedauerte. Er ließ auf seine Kosten in den Schulen einer französischen Grenzstadt meine Lernbegier befriedigen. Da empfing ich eine Bildung des Geistes und Herzens, welche zu meiner künftigen Stellung in der Welt außer allem Verhältnis war.

Meine wissenschaftliche Erziehung blieb unvollendet. Hätte ich mich der Arzneikunde widmen dürfen, würde ich vielleicht in irgend einer großen Stadt ein ehrenvolles Dasein haben führen können. Der Feldherr aber, mein Gönner, rief mich wieder zu sich, und machte mich zu seinem Geheimschreiber. Ich blieb bei ihm, bis ihn die tödliche Kugel traf. Ohne Beruf, ohne Aussicht, wählte ich das Kriegshandwerk, trieb mich lange bei den Heeren umher und auf den Schlachtfeldern, und bereicherte mich im Anblick so vieler Erbärmlichkeiten der Völker und ihrer Großen, und der auf Erden allein waltenden Leidenschaften und Vorurteile, mit einer trostlosen Weisheit. Ich tat überall wie ich sollte, um mir wenigstens das Bewußtsein meines innern Wertes zu retten, und leistete Verzicht auf äußere Anerkennung desselben. Das Leben Jesus des Christs hat auf mein Inneres und dessen Veredlung am meisten gewirkt. Er war ein Israelit; er blieb es. Zwischen Himmel und Erde ist nie ein Größerer erschienen, als er, weder an Weisheit, noch Tugend, noch Mut. Jeder große Mann ist für sein Jahrhundert, höchstens für sein Jahrtausend groß unter gegebenen Verhältnissen. Jesus aber hat eine Größe, die von keinem Verhältnisse bedingt und auf keine Jahrtausende beschränkt ist. Doch würde er heut' erst unter den Christen erscheinen, sie würden ihn heute noch ans Kreuz schlagen, wie ehemals die Juden.

Ich machte es zur Aufgabe meines Lebens, zu werden wie Jesus: für das Innere das Äußere, für das Ewige das Nichtige, für die Ziele des Geistes die körperlichen, häuslichen und bürgerlichen Annehmlichkeiten zu opfern. Ich bin ihm nicht an Willen, nur an Mut und Kraft nachgestanden.

Mich ekelte das Kriegsleben an. Meinen einzigen Freund unter den Menschen, einen hoffnungsvollen Jüngling von Nancy, tötete eine Stückkugel an meiner Seite. Ich hatte mit meinen übrigen Kriegsgefährten im wüsten Leben viel Händel. Die Hauptleute waren ungerecht gegen mich. Ich lief zum Feind über, zog bürgerliche Kleider an, und ernährte mich vom Unterricht, den ich in Sprachen und andern Dingen gab.

Meines Bleibens war nirgends lange. Es fehlte mir nicht an Freunden und Freundinnen. Aber sie waren Christen und Christinnen. Hätten sie erfahren, ich sei nur ein Jude: schwerlich würden auch die Aufgeklärtesten unter ihnen einem heimlichen sonderbaren Ekel widerstanden haben, welcher sich ihrer unwillkürlich bemeistert hätte. Daher hütete ich mich, Verbindungen einzugehen, um bei künftiger Trennung weniger leiden zu müssen. Ich fürchtete die Freundschaft, weil sie für mich nur Schmerzen tragen konnte.

Auf feste Niederlassung, Anstellung und Verbürgerung in einer christlichen Stadt mußte ich, mit dem ersten Schritt, den ich in eine Stadt tat, Verzicht leisten. Vieler Orten wäre ich als Jude keinen Tag lang geduldet worden; anderer Orten hätte man mir höchstens Duldung, aber keine Niederlassung, kein bürgerliches Recht gestattet. Zu jeder solchen Handlung wäre immer notwendig gewesen, einen Auszug aus den Taufregistern vorzuzeigen. Ich war nie getauft. Was sollte ich sagen?

Peinigend griff das religiöse Verhältnis in die kleinsten Umstände meines Lebens und Webens ein. Läuteten die Glocken, zogen die Christen wie eine einzige Familie in ihre Tempel zum Gottesdienst, mußte ich meinen Gottesdienst einsam begehen in meinem Kämmerlein. Ich gehöre nicht zur großen Familie. Viele setzten an mir aus, daß ich nicht zur Kirche ging; Andere hielten mich für einen Aufgeklärten ihresgleichen, der ohne Religion lebe. Ich mochte weder das Eine, weil es Täuscherei war, noch das Andere, weil ich mich der Gesellschaft schämte. Immer war ich gedrängt, und mit meinen bessern Gefühlen, wie mit den bürgerlichen Umgebungen, im Zerwürfnis.

Eine Zeit lang trug ich mich mit dem Gedanken, wieder umzukehren und Jude in einer jüdischen Gemeinde zu sein, um meinem Volke ein Lehrer des Bessern zu werden, und es aus der geistigen Knechtschaft zur menschlichen Würde zu erhöhen. Aber dann bedachte ich, daß ich aller dazu nötigen Mittel entbehre. Ich hatte das Judendeutsch vergessen, wußte nichts mehr oder nur wenig von den üblichen Gebräuchen und Talmudischen Vorschriften und Lehren. Ich sah die Unmöglichkeit ein, mit bloßen Vernunftgründen den vieltausendjährigen Rost heilig gewordener Vorurteile hinwegfegen, und die Hartnäckigkeit roher, armer, geistig verkrüppelter Menschen zu besiegen, die, was sie sind, durch die barbarischen Ordnungen christlicher Gesetzgeber geworden sind. Die Rabbinen würden mich verflucht, die Juden mich verstoßen und gesteinigt haben. Unter Christen und Mohamedanern sind entstanden und entstehen noch neue Glaubensparteien. Bessere Einsichten, Wirkungen des Himmelsstriches, eigenes Forschen können dazu helfen. Aber man wird unter den Juden kaum von neuen Sekten und Glaubensspaltungen hören. Die gebildeten Juden sind nur, was die Verklärten unter den Christen.

Unaufgenommen von meinen Glaubensgenossen, und gedrängt von meiner Sehnsucht, unter europäischen Menschen Recht als Mensch zu genießen, hätte ich, bei meiner Hochachtung für Jesus, ein Christ werden und mich taufen lassen können. Doch ungerechnet, daß ich mich nie überwinden kann, in einer Aufsehen erregenden Feierlichkeit zu prangen, wäre ich mit meinem Taufschein überall nicht als alter Christ von christlichen Eltern, sondern als getaufter und bekehrter Jude erschienen. Es sträubte sich in mir Alles gegen solchen Namen. Lieber will ich Israelit sein und bleiben. Ich habe mich wahrlich dieses Namens nicht zu schämen. Moses war ein Größerer, als die ganze Kette der Päpste, als Luther und Calvin und Zwingli waren. Wohl selten ließ sich ein Jude aus Drang besserer Überzeugung, weit häufiger wegen gemeiner Vorteile, bei den Christen taufen. Mit Recht haftet daher auf den getauften Juden Vorwurf und Verdacht. Ein mutiger Bekenner ist mehr wert, als jeder Renegat und Mameluk.

Stärker noch, als alle diese Rücksichten, stieß mich ein anderer Umstand zurück, in eine der christlichen Kirchen überzutreten. Ich blieb im Zweifel, ob ich mit meinen innern Überzeugungen einer und derselben ganz angehören könne? Wenn Christus noch einmal erschiene, würde er wohl Katholik, oder Lutheraner oder Calvinist werden wollen? Eine Kirchenpartei der Christen tadelt die andere. Jede verteidigt sich gegen die andere. Dies ist aber weniger Frucht tiefer Überzeugung, als der Gewohnheit des mit der Muttermilch eingesogenen Glaubens. Wie viel gibt es der Starken, welche darin überwinden können?

Wäre ich lutherisch geworden, hätten mich Reformierte oder Katholiken belehren wollen; wäre ich katholisch geworden, hätten mich Lutheraner und Calvinisten im Irrtum gesehen. Jede Kirche beweiset ihrer Lehrsätze Wahrheit aus demselben Buche und mit denselben Stellen, aus welchen ihr die andern den Irrtum dartun. Ein Beweis, daß sie allesamt Einbildung und Menschenmeinung für Göttliches halten. Was Christus selber gegeben, darin sind sie alle ziemlich einträchtig. Christus gab aber Geist; tote Buchstaben legten seine Nachfolger hinzu. Nicht über jenen, nur über diese ist der Streit. Was kümmert mich der Buchstabe? Die Auslegung von Dingen, die für meines Geistes Erhebung ohne Frucht sind? die Annahme von Sätzen, welche im Unbegreiflichen liegen? die Beobachtung von Feierlichkeiten, welche willkürlich sind und nach den Stufen der Einsicht, auf denen die Völker stehen, oder nach den Himmelsstrichen, unter denen sie wohnen, notwendig andere sind? Christus ist ein Lehrer in göttlichen Dingen; kein Moses, kein späterer Prophet, kein Rabbi, kein Papst ist höher. Ich glaube, wie er; ich will leben, wie er. Ich bin sein Nachfolger. Ich bin sein Jünger. In diesem Sinne bin ich Christ, und werde es bleiben; aber ich bin kein Katholik, oder Lutheraner, Zwinglianer, Calvinist, Mennonit, Grieche, Herrnhuter, Schwenkfelder, Socinianer, Wiedertäufer, mährischer Bruder, oder wie ihr Christen euch nennen oder taufen lasset. Aber Christus war das alles auch nicht. Er war, seinem äußern Bekenntnis nach, ein Jude. Der bin ich auch. Christus stand unendlich höher, als Moses; und ich stehe höher als Moses durch Christum. Daher hat das mosaische Gesetz den Wert für mich verloren, wie es ihn schon an sich selbst in den jetzigen Staaten- und Völkerverhältnissen und Klimaten verloren hat, und in seinem Bestand ein Widerspruch mit der Zeit ist.

Dies, ihr Geliebten, ist mein Glaubensbekenntnis. Ich kann nicht zu eurer Kirche übertreten und ein getaufter, noch weniger ein bekehrter Jude werden. Keiner eurer Mönche und Weltpriester, Prediger und Predikanten, Bischöfe oder Generalsuperintendenten kann mich bekehren. Ich gehöre weder zur griechisch- noch römisch-katholischen, weder zur anglikanischen noch evangelisch-lutherischen oder reformierten Kirche, oder einer sogenannten Brüdergemeinde. Ich bin schlechterdings nichts, als ein Schüler dessen, dessen Schüler ihr alle seid, ihr möget das Athanasische oder Augsburgische Glaubensbekenntnis auswendig gelernt haben. Ich bin aber kein Schüler eurer

Päpste, eurer Luther, eurer Zwingli, weil ich mir einbilde, so viel von dem zu wissen, was zur Herrlichkeit des Ewiglebens und Gottähnlichwerdens gehört, als sie.

Nun richtet mich, o ihr meine Geliebten. Verdammen könnet ihr mich nicht, ohne euch selbst zu verdammen.

Ausgestoßen von dem Volk, von welchem ich herstamme; ausgestoßen durch meine Herkunft von den Christen, bin ich unter Juden und Christen ein Fremdling. Ich gehöre in keinen häuslichen oder bürgerlichen Kreis jetziger Menschen. Ich bin religiös, aber die Religionen der Menschen verfolgen mich, wohin ich trete. Ich zittere, mich den Gefühlen der Freundschaft und Liebe zu überlassen, da ich voraussehe, daß jeder meiner Freunde sich schämen wird, mit einem Juden Vertraulichkeiten zu haben. Und könnte mich je ein Mädchen lieben: welches möchte eines Juden Frau werden? Ich erhalte mich unter den Menschen, indem ich mich vor ihnen verberge; ich muß ihre Zuneigung meiden, weil ich sie nicht täuschen mag. Ich bleibe ohne Heimat, ohne Brot, ohne Liebe, weil das Vorurteil der Welt mir entgegentritt und die Pforten der Freude verschließt.

Ich werde Josephinen bis zum letzten meiner Seufzer lieben und beklagen. Beklagen, denn ich bin unschuldig an ihrem Leiden. Ich mied es, ihr die leiseste Teilnahme oder Neigung einzuflößen. Hab' ich gefehlt, so hab' ich nur gegen mich selbst gefehlt, daß ich schwach genug war, mich nicht früher von ihrer Nähe, von der teuern Eleonore, von dem wahrhaft ehrwürdigen Vater loszureißen. Wer ist neben Josephinen stark genug, oder bewahrt seine Grundsätze treu neben dem Zauber ihres Wesens? Ich büße meine Schuld schwer genug. Ich war einen Augenblick glücklich, und bin dafür mein volles Leben unglücklich. Ich fliehe, aber mit einem zerrissenen, blutenden Herzen. Lebet wohl!

Jonathan Frock.«

Er fuhr in einem wahren Fieber die winterliche Nacht hindurch und ohne Rast den folgenden Tag von Post zu Post, und die zweite Nacht und den folgenden Tag, und so ohne Verweilen, bis er den Ort seiner Bestimmung erreicht hatte, wo er die Geschäfte des Majors beendigen sollte. Er schien es darauf angelegt zu haben, seiner nicht zu schonen, sondern sich zerstören zu wollen. Aber er bewirkte mit diesen Anstrengungen und zerstreuenden Ermüdungen ganz etwas Anderes. Die Ungemächlichkeiten und Bedürfnisse der Gegenwart nahmen ihn zu sehr in Anspruch, als daß er sich den Erinnerungen an Vergangenes hätte ungebunden hingeben können. Er hatte durch diese Betäubung den ersten Schmerz weniger empfunden, und nach einer Reihe von Tagen nur noch stillwehmütiges Nachgefühl übrig behalten.

Mit um so mehr Fassung, Würde und Nachdruck konnte er sich den Angelegenheiten des Herrn von Tulpen widmen. Er besuchte die Ansprecher der Erbschaft; er besuchte die obrigkeitlichen Personen. Das Recht des Majors war allzu gegründet, als daß es nicht mit leichter Mühe hätte siegend dargetan werden können; aber war nicht entschieden genug, um nicht wenigstens Stoff zu einem kostspieligen, langwierigen Prozeß geben zu können, welchen Richter, Amtsleute, Schreiber und Advokaten mit noch größerer Begierde wünschten, als die erblustigen Nebenbuhler des Majors.

Jonathan stellte diese – sowohl seine Gutmütigkeit als Beredsamkeit gewannen ihr Herz – mit Abtretung einer nahe bei dortiger Hauptstadt befindlichen Meierei zufrieden, die von den übrigen Gütern getrennt war. Doch dazu mußte er noch die schriftliche Einwilligung des Majors besitzen.

Er hatte diesem von Woche zu Woche über den Gang der Unterhandlungen briefliche Nachricht gegeben. Länger als fünf Tage war kein Brief unterwegs. Aber es verstrichen sechs und sieben Wochen, ohne daß vom Major Antwort kam. Das verursachte dem guten

Frock tödliche Angst. Tausend Vorstellungen quälten ihn über das Schicksal der liebenswürdigen Familie, nach jenem letzten und schönen Abend. Er hielt es nicht länger aus, und beschloß, würde auch auf den Brief wegen Abtretung der Meierei nach vierzehn Tagen keine Antwort erfolgen, umzukehren nach der königlichen Stadt, möchte erfolgen, was da wolle.

Er war schon zur Abreise fertig, als der Brief des Majors endlich eintraf. Zitternd erbrach er das Siegel, und küßte er die Schriftzüge von der ihm teuern, ehrwürdigen Hand gezeichnet. Das Schreiben war folgendes:

»Lieber Jonathan, wir sind gottlob Alle gesund. Auch meine Josephine ist wieder hergestellt. Ich danke dir für deine großen Bemühungen. Ich habe die Schrift unterschrieben wegen der Meierei, und sende dir sie zurück. Nun ist die Erbschaftsgeschichte zu Ende. Schreibe dem Verwalter auf den Gütern, er solle Alles in Ordnung halten. Ich werde zu Ende Monats oder Anfangs des künftigen dort eintreffen mit meiner Tochter Leonore. Josephine befindet sich wohl. Sie will in ein Kloster gehen. Ich weiß nicht, was das Mädchen da will. Sie hat die Grille und beharrt darauf, ich und ihre Schwester sollen sie begleiten, und das verlangt sie auch von dir. Am 25. Hujus treffen wir also zu Arrfelden ein, und erwarten dich da mit einander im Wirtshaus. Fehle nicht, oder du bringst der armen Josephine den Tod. Es ist ihr ausdrücklicher Wille, du solltest noch dabei sein. Und wenn wir vom Kloster wieder abreisen, geb' ich dir mein Ehrenwort, will ich dich nicht länger halten, wenn du uns verlassen willst. Aber kannst du bei mir bleiben, Jonathan, so wirst du meiner alten Tage Freude sein. Es ist ein dummer Streich, was geschehen ist. Also am 25. Hujus in Arrfelden fehle nicht. Ich habe dir ohnedem noch etwas Wichtiges wegen der Erbschaft anzuvertrauen. Ich bleibe dein Freund und David.

Der Major von Tulpen.«

Unten am Brief und auf der folgenden Seite hatte Leonore nachstehende Zeilen beigefügt:

>»Ach, lieber Herr Frock, Sie haben uns eine erschreckliche Nacht verursacht. Ich möchte dergleichen nie wieder erleben. Aber Josephinen ist jetzt wieder recht wohl. Möchten Sie durch Ihre Religion so ruhig, so gefaßt sein, als es meine Josephine jetzt ist. Daran läßt sich der Wert der Religion erkennen. Josephine hat nur den einzigen Wunsch, Sie noch einmal zu sehen und zu sprechen. Fehlen Sie also um Gotteswillen nicht, wenn Ihnen auch nur das Geringste an unserer Freundschaft und Achtung je gelegen war. Ich hätte Ihnen noch viel, o viel zu sagen, allein ich darf nicht. Das sollen Sie Alles in Arrfelden erfahren. Ihre treue Freundin

Eleonore von Tulpen.«

Dieser Brief kam so spät an, daß, um den bestimmten Tag in Arrfelden einzutreffen, kein Säumens war. Frock mit der Abtretungsurkunde in der Hand, erhielt die Verzichtleistung der gesamten Ansprecher auf die streitige Erbschaft, und die obrigkeitliche Bevollmächtigung für den Herrn von Tulpen, in den Besitz der Güter einzutreten. Damit versehen eilte er zu dem für die letzte Zusammenkunft bestimmten Ort.

Diese Reise war ihm trauriger noch, als jene, da er die geliebte Familie verließ. Er kannte nun zum Teil Josephinens Leiden und die betrübte Wirkung derselben in ihrem Entschluß, der Welt zu entsagen. Er sah einen noch schmerzlichern Abschied als den ersten vor. Doch das Alles hinderte ihn nicht, Josephinens Verlangen zu vollstrecken. Und hätte er das Leben darüber einbüßen können: desto besser.

Der Abend dämmerte schon, als er vor dem Wirtshause zu Arrfelden anlangte. Er hörte, der Major sei am Morgen mit seiner Familie angekommen, und habe sich zum Pfarrer beim Marienkloster mit den Seinigen begeben. Dort erwarte er den Herrn Frock. Die Ankunft desselben mußte dem Major auf der Stelle durch einen

Eilboten gemeldet werden; die durch den Boten zurückkommende Antwort sollte entscheiden, ob Frock noch diesen Abend ins Kloster hinüber müsse, oder ob der Major ihn zu Arrfelden besuchen würde.

Es verging über dies Hin- und Hersenden mehr denn eine volle Stunde. Frock hatte beinahe Fieberfrost. Der Bote erschien und die Einladung, sogleich nach St. Marien zu kommen.

Frock stieg in den Wagen. Wie schlug sein Herz, als er im ungewissen Lichte des Mondscheins die weitläufigen Mauern und Gebäude und die Türme des Klosters erblickte; als er durch einen langen Schattengang von alten, hohen Ulmen und Linden hinfuhr, und dann der Wagen vor einem Hause, das zum Kloster gehörte, still hielt! – Er stieg ab. In dem Augenblicke läutete die Glocke des Kirchturms. Es war ein dumpfer, schauriger Klang; der Major trat aus dem Haus. Eine Magd zündete mit dem Licht, ein Knecht mit der Laterne. Der Major umarmte tief gerührt seinen Jonathan. Dieser konnte vor Traurigkeit nicht reden.

»Nicht wahr«, sagte der Major, »meine Josephine ist dir noch lieb, mein Jonathan?«

Frock konnte nicht antworten. Er drückte stumm die Hand des Alten.

»Geh' du voran«, sagte der Major zum Laternenträger, »und zünde. Gib mir den Arm, Jonathan. Sei meines Alters Stütze. Wir gehen jetzt zu ihr.«

Sie gingen mit einander durch den öden Klosterhof, und durch die stillen, kalten Kreuzgänge. Der Knecht öffnete die Kirchtür. Der Pfarrer stand, matt beleuchtet vom Licht der ewigen Lampe und einigen Kerzen, am Altare betend. In der Kirche beteten einige Bauern und Bäuerinnen. Indem der Major auf Frocks Arm gelehnt durch die Kirche schritt, kam ihnen Josephinen auf Leonorens Arm gestützt entgegen, mit gesenktem Haupte. Sie reichte dem zitternden Frock eine bebende Hand. Sie standen vor dem Pfarrer, der lauter die Stimme des Gebets erhob und an ihnen die Trauung vollzog. Frock wußte nicht, wie ihm geschah. Er hatte beinahe die Besinnung verloren.

Nach vollendeter Feierlichkeit ging es denselben Weg aus der Kirche zurück, nur mit dem Unterschiede, daß statt des Majors die anvermählte Tochter desselben ging. Aber wie sie in den Kreuzgang traten, sank Frock, von dem, was geschehen war, überwältigt, zu Josephinens Füßen nieder, laut schluchzend, mit aufgehobenen Händen. Alle weinten. Solche Freudentränen waren wohl in diesem Kloster, seit der Stiftung desselben, nicht geweint worden.

Josephine zog den Geliebten an ihre Brust empor und flüsterte: »Du bist mein!« – In den drei Worten ging dem Dulder Jonathan seliges Leben auf. Er fühlte sich zugleich von den Armen des Majors und Leonorens inbrünstig umfangen. Der greise Pfarrer stand neben ihnen, ohne daß sie ihn bemerkten. Er war ein alter Jugendfreund des Herrn von Tulpen, und hatte gern zu diesem Fest geholfen. Auch begleitete er sie zum Wirtshause in die Stadt zurück, wo das Hochzeitsmahl schon bereit stand. Denn Alles hatte der Major so selbst angeordnet und gewollt.

»Und hörst du«, sagte er zu dem entzückten Eidam, »meinst du, Halbchrist, du denkest christlicher, als wir, die wir in Wahrheit wissen, daß Gott nicht die Person ansieht, sondern daß in allerlei Volk, wer ihn fürchtet und recht tut, ihm angenehm ist? Nicht Alle, die da Herr, Herr! sagen und singen, sondern die den Willen tun des Vaters im Himmel, die sind Jesu Jünger. An unsern Früchten sollen wir erkannt werden. Weißt du es? Wir haben dich auch daran erkannt!«

Über tredition

Eigenes Buch veröffentlichen

tredition wurde 2006 in Hamburg gegründet und hat seither mehrere tausend Buchtitel veröffentlicht. Autoren veröffentlichen in wenigen leichten Schritten gedruckte Bücher, e-Books und audio-Books. tredition hat das Ziel, die beste und fairste Veröffentlichungsmöglichkeit für Autoren zu bieten.

tredition wurde mit der Erkenntnis gegründet, dass nur etwa jedes 200. bei Verlagen eingereichte Manuskript veröffentlicht wird. Dabei hat jedes Buch seinen Markt, also seine Leser. tredition sorgt dafür, dass für jedes Buch die Leserschaft auch erreicht wird.

Im einzigartigen Literatur-Netzwerk von tredition bieten zahlreiche Literatur-Partner (das sind Lektoren, Übersetzer, Hörbuchsprecher und Illustratoren) ihre Dienstleistung an, um Manuskripte zu verbessern oder die Vielfalt zu erhöhen. Autoren vereinbaren direkt mit den Literatur-Partnern die Konditionen ihrer Zusammenarbeit und partizipieren gemeinsam am Erfolg des Buches.

Das gesamte Verlagsprogramm von tredition ist bei allen stationären Buchhandlungen und Online-Buchhändlern wie z. B. Amazon erhältlich. e-Books stehen bei den führenden Online-Portalen (z. B. iBookstore von Apple oder Kindle von Amazon) zum Verkauf.

Einfach leicht ein Buch veröffentlichen: **www.tredition.de**

Eigene Buchreihe oder eigenen Verlag gründen

Seit 2009 bietet tredition sein Verlagskonzept auch als sogenanntes "White-Label" an. Das bedeutet, dass andere Unternehmen, Institutionen und Personen risikofrei und unkompliziert selbst zum Herausgeber von Büchern und Buchreihen unter eigener Marke werden können. tredition übernimmt dabei das komplette Herstellungs- und Distributionsrisiko.

Zahlreiche Zeitschriften-, Zeitungs- und Buchverlage, Universitäten, Forschungseinrichtungen u.v.m. nutzen diese Dienstleistung von tredition, um unter eigener Marke ohne Risiko Bücher zu verlegen.

Alle Informationen im Internet: **www.tredition.de/fuer-verlage**

tredition wurde mit mehreren Innovationspreisen ausgezeichnet, u. a. mit dem Webfuture Award und dem Innovationspreis der Buch Digitale.

tredition ist Mitglied im Börsenverein des Deutschen Buchhandels.

Dieses Werk elektronisch lesen

Dieses Werk ist Teil der Gutenberg-DE Edition DVD. Diese enthält das komplette Archiv des Projekt Gutenberg-DE. Die DVD ist im Internet erhältlich auf **http://gutenbergshop.abc.de**

Zeitfracht Medien GmbH
Ferdinand-Jühlke-Straße 7
99095 Erfurt, Deutschland
produktsicherheit@kolibri360.de